KB199659

당신의 정거장은 내가 손을 흔드는 세계

시작시인선 0143 당신의 정거장은 내가 손을 흔드는 세계

1판 1쇄 펴낸날 2013년 1월 30일
개정판 1쇄 펴낸날 2023년 6월 26일
지은이 남궁선
펴낸이 이재무
기획위원 김춘식, 유성호, 이형권, 임지연, 홍용희
책임편집 박예솔
편집디자인 민성돈, 김지웅, 정영아
펴낸곳 (주)천년의시작
등록번호 제301-2012-033호
등록일자 2006년 1월 10일
주소 (03132) 서울시 종로구 삼일대로32길 36 운현신화타워 502호
전화 02-723-8668
팩스 02-723-8630
블로그 blog.naver.com/poemsijak
이메일 poemsijak@hanmail.net

ⓒ남궁선, 2013, printed in Seoul, Korea

ISBN 978-89-6021-179-7 04810
      978-89-6021-069-1 04810(세트)

값 11,000원

*남궁선 시인은 2009년 한국문화예술위원회의 문예창작기금을 수혜받았습니다.

당신의 정거장은 내가 손을 흔드는 세계

남궁선

천년의 시작

시인의 말

겨울 동안
둥글게 곱은 손가락은
불어넣은 입김으로 따뜻해졌다
차가워질 것이다

차 례

시인의 말

제1부

제2부

이 모든 것은 여기

태양 아래서 타오르는
세상의 모든 사과를 먹어 치우리
거짓말하는 꿈들이 나의 밤을 아름답게 가꾼다

아침에 눈을 뜨면 손등에 돋은 정맥이 푸르렀다
나는 박하나무와 호두나무를 잘 모르지만
꽃보다 나무를 더 사랑하게 되었다

옷가지를 빨아 들판 가득 넌다
바람에 펄럭이며 조금씩 옅어지는 검정의 습성
소녀의 광대뼈에 묻어난 슬픔을 기억한다

사라진 입술 선 위로 짧고 긴 음악이 내려앉고
유리창에 입김을 불어 손가락으로 글씨를 쓴다

이 모든 것은 지금, 내 손바닥 위를 지나가는 증상들

제1부

트윈 베드룸

바다로부터 가장 멀리 떨어진 내륙, 미라의 심장

햇살이 나를 무균 처리 하는
이상李箱의 병실 같은
습도 0의
침실

침이 고이지 않도록 조심
우리는 입술을 감추고 키스하지 않네

서로의 눈물이 사라져 가는 것은
손으로 빨아 널은 속옷이 말라 가는 것처럼
시간의 뼈를 남기고

하얀 종이 슬리퍼 두 켤레
하나는 밤에 신고
하나는 아침에 신고

오후에는
내 손톱보다 길게 자란 당신의 손톱과

곧 바스러져 흩어질 심장을

나의 침대 곁
나의 침대에 누인다

오드 아이

처음부터 당신은
내 앞을 지나가기로 했던 것
고국엔 매일 비가 왔지만 그건 고국의 일
처음부터 나는 당신을
사막에서 만나기로 했던 것

당신의 눈동자처럼 모래와 허공으로 분할된 세계

왼쪽 눈과 오른쪽 눈을 구별하는 것에 대하여
코가 관여한다고 말하면 너무
상투적이지 아무도 투신하지 않는 지루한 절벽

어느 날 증발해 버린 메일 주소는 당혹스러워
나는 사소한 사건에만 골몰하고

빛깔이 다른 눈동자를 함께 지니는 것만큼
두 개의 눈빛을 바라보는 것 또한 어려운 일
편견을 나누는 사랑의 고백처럼

절벽이란

질주하기 위해 존재하는 것은 아니지
꽃을 피우기 위해 존재하는 것도 아니지

회갈색 혹은 푸른색을 선택하는 것은 쓸쓸한 관념

한쪽 눈을 감고 당신을 크로키하는 것은
당신을 이해하려는 포즈
사막에 비가 내려도 좋겠지만
그건 기후의 일, 지금 막
비가 내리지 않는 일

불과 물의 눈

담배도 팔고 라면도 판다던
김충권 씨네 민박집에선
아무것도 팔지 않았다
(건기의 밤엔 나뭇잎이 내 목의 피를 마시러 온다)

축축하고 푸르고 주홍빛이 박혀 있는
뾰족한 표창, 불가사리가 바람을 타고 몰려왔다
(짐승의 울음 되어 커다란 낙엽이
 지붕을 덮을 때, 나무의 뼈를 핥는 달)

객지 사람들이 모두 떠나자 소매물도는
태풍에 휩싸이기 시작했다
(낙엽과 대결하는 이 구도는 오래전 모닥불을 피워 놓고
 공포를 계산하던 나의 눈동자)

집들이 대문을 걸어 잠갔다
외부와 내통하는 것들은
등대와 비행접시
(두려운 내 귀가 숲속에 날카로운 길을 만든다)

>
상상하는 것들은 깜박, 깜박 사라지므로
알츠하이머에 걸린 김충권 씨처럼
비행접시를 타고 바닷속 깊은 어둠으로 빨려 갔다
(바싹 마른 대지에 이빨을 박고 밤을 지새운다)

나는 배가 고팠으므로
지루한 오후의 등대
젊음을 작파한 우스꽝스러운 표정을 팔았다
(지상의 마지막 물방울을 삼켜 버린 구름이 조금씩 계절
을 옮겨 가고 있다)

크리스마스트리에 매달린 가장 높고 빛나는
불가사리처럼 불길한 눈이 파도를 타고 밀려오는
(타오르는 불의 시간, 밤을 지새운
 세밀화가처럼 떠오르는 태양을 등지고
 나의 눈을 쉬게 한다)

1회에 죽는 주인공

자 눈을 감습니다 당신 앞에 손잡이가 있습니다 문을 열고 들어가 발을 보세요 뾰족한 구두코를 따라 발목에서 종아리까지 눈꺼풀을 올린다 나는 카우보이 부츠를 신고 있구나 노을을 삼키며 타오르는 애리조나 우리는 황금을 찾아 걷고 있네 당신은 어느 전생에 가 있습니까 걷기,

눈가의 주름을 타고 눈물이 턱선에 머물다가 모래 위로 떨어진다 우리는 주먹질 발길질을 한다 목을 조른다 왜 그랬나요 모르겠어요 모르겠어요 아, 내 말을 갖고 싶어 해요…… 나는 죽었어요

새로운 문을 엽니다 나는 알프스 소녀 짧은 원피스에 앞치마를 두르고 있다

소녀: 우리 동굴에 놀러 가

소년: 안 돼 가지 말랬어

소녀: 그럼 나 혼자라도 갈 거야

소녀와 소년이 횃불을 들고 동굴에서 요들송을 부르고 돌멩이가 도르르 굴러떨어지고 돌멩이가 쏟아지고 소년이 소녀를 감싸 안아요, 소년이 죽었어요

핏물이 내 몸을 적신다 횃불이 꺼진다 이제 눈물을 멈추고 다음 문을 보세요 멈출 수가 없어 깨어나세요 비명 소리가 동굴을 이 방을 가득 메워도 깨어날 수가 없어 따귀를 때

렸군요 잠시 쉬었다 갑시다

　당신의 미래입니다 당신의 남편은 누구인가요 부엌에서
그는 등을 돌린 채 나를 위해 토스트를 굽고 있네 나는 식탁
에 앉아 손톱의 거스러미를 뜯고 그는 빵이 구워질 때까지
창밖을 바라보고 햇살이 수돗물의 소독약처럼 가라앉는다

　그가 나를 향해 어깨를 돌려요 주름지고 얼룩진 내 눈가
를 살피는 그의 얼굴이 바로 눈앞에 있는데 희미한 윤곽만
이…… 나는 지금 죽나요?

통곡의 미루나무 아래서 우리 헤어져

삼겹살을 먹고 심심해, 아 심심해
빨래를 하다가
떡볶이를 먹으러 가다가
서대문까지 가다가
형무소까지

형무소의 담장은 지루해, 아 지루해
담장을 넘어도 사람의 눈은
귀신을 볼 수 없어 통곡의 미루나무 아래서
우리 통곡할 수 없잖아

미루나무 두 그루는 마주 보지도 돌아보지도 않고
하늘을 우러러 몇 점
담배 연기나 뽑고 싶은 건데
미루나무의 사연은 딱딱해 애절해 끔찍해
그런 밤
사형수를 사랑하고 싶은 밤

서대문형무소 관람료는 천오백 원
담벼락에 기댄 자동판매기는 커피 판매 중

나뭇잎이 바람에 팔랑팔랑 나부끼는데
이럴 거라면 헤어져 아, 헤어져

섬돌모루섬

햇볕이 녹슨 철근을 핥고 있었다
매미의 울음소리가 멈추고 부들이 부드럽게 흔들렸다
시멘트와 벽돌이 높이를
만들지 못했다
철골의 빈 몸뚱이를 사각의 그늘이 채워 주지 않았다
네트를 사이에 두고 족구를 멈춘 외지인들이
공의 바람을 뺐다
흙먼지를 일으키며 걷고 있었다
개들이 개장에서 일제히 짖었다
집 안에도 집 밖에도 없는 마을 사람들
해는 기울지 않았다
언덕 아래 갯벌
검은 구름 그림자
개 짖는 소리
수면 위 소금쟁이들의 이동
개 짖는 소리
반짝이는 부탄가스 통
해변으로 보트를 구하러 간 사람은
기다리는 사람은 슬리퍼를 끌고 있었다
개를 기르던 섬지기가 사라진 섬이 있었다

공터에 우두커니 앉아 있는 외지 사람들이 있었다

고산병 2

이곳은 난항亂杭으로 입국이 모두 거부되고 있다
숲의 나무들이 눈 속에 발을 묻고
이상하게도 큰 달을 보고 있지
나는 고도가 높은 마을에서 길을 잃었다

어제 꿰매 버린 입술에서 피가 굳고
보름 동안 눈이 내리고
티베트에서 온 소년의 손톱이 새까맣다

한밤에 눈을 뜨면 꿈으로부터 데려온 어둠이 두꺼워
창밖을 훤히 볼 수 있지 비단 상점 앞 우체통은 빨갛고
밤이 깊어도 열은 내리지 않는다

숲에서 길을 잃었어
커다란 사과는 토끼에게 파먹혔고 깊이 파여 아늑했지
그곳에 웅크리고 앉아 나는
토끼 이빨 하나에 휴식과
토끼 이빨 하나에 어둠과
토끼 이빨 하나에, 사과 사과 사과의 입술을 생각하다

>
엽서를 쓴다 티베트에서 온 소년이 나를 깨우고
달 아래로 떨어진 나무의 그늘이 내 몸을 덮고

나무는 눈의 무게로 잠시 주춤거렸지
높이 솟지 못하는 작은떨기나무가
상승의 고도를 꽃에게 맞추는 법을 배우는 것처럼*

* 프랑시스 퐁주, 「카네이션」에서 변용.

고산병

에프리콧 에프리콧 에프리콧 트리 아래
난생처음 보는 새
머리에 뜨거운 왕관을 얹은 새

에프리콧 에프리콧 에프리콧 소리로 우는
울다가 잠이 드는 나무와
나, 사이

해발고도

나를 버린 사람들
즐거운 고요
히말라야를 헤매다 만난 친구는
서울에 내가 두고 온 이름

에프리콧 에프리콧 에프리콧 열매가
새파랗게
성스럽게

당신의 정거장은 내가 손을 흔드는 세계

글자를 조금 오독했을 뿐 최정례를
죄정례 죄정례로
(푸른 새 푸른 구름 북상하는 장마전선 남하하는
 자동차
 밤에도 구름의 흐름을 볼 수 있는 날이 있다)

별들의 왕국은 발들의 왕궁 그런 곳은 마사지 숍이겠지
(찰랑거리는 수면 위로 구름이 선명해지고)

죄정례의 발을 정성껏 주무르는 금빛 왕궁에서
우리가 골몰했던 황토 전기 장판에 대한 이해
(구름을 향해 나는 길고도 느리게 손을 흔든다 당신의
 정거장은 내가 손을 흔드는 세계)

가위 바위 보
가위 바위 보

내가 이겼어
거짓말
그럼 네가 이겼어

거짓말*

파도에 떠다니는 새우깡 봉지처럼 반짝이는
구름의 인사
(히치하이커와 히치하이쿠와 히치싸이코는 비누 거품처럼
풍성하고
톡! 터진다 야광의 중앙선이 촘촘히
어둠을 지우고 도로를 뱉어 낼 때)

나는 몽상적 구름에게 묻는다
개심사開心寺의 개심改心 빛의 조리개값 번개가 꽂히는 방향

* 황정은, 「일곱 시 삼십이 분 코끼리열차」.

타오르는 무덤

여행자 수첩

강해질 필요가 없는 개
먹을 것을 줘도 살랑대지 않는, 그러나
주면 먹는 개와 함께
하나의 표정으로 앉아 있다

이곳은 혓바늘이 돋는 건기

중국 식당 아줌마의 인사가 귀에 익숙해서
나는 내가 중국 사람인 줄 알았다
쌀국수 35바트 물 두 개 20바트
타이 마사지 150바트
맥주 30바트 싱글룸 150바트(후불)
몰인정·슬픔·무책임으로
주방장이 타이 커리를 만들 듯이
여행자 수첩은 숫자만 빼곡하다

짝눈

＞
그는 짝눈을 고치려고 일 년 동안
잘 보이는 눈을 가리고 장님처럼 살았다
삼각플라스크 비커 메스실린더에
알 수 없는 원소를 섞으며 놀고 있을 때

그곳은 눈동자가 희어지는 건기

그의 오른쪽 눈을 덮은 교정 안대는 떨어져 나갔다
복숭아에 박혀 꿈틀대는 애벌레를 꿀꺽 삼키던 날들이었다
염산과 수소와 헬륨을 섞었을까
어두운 방 안에서 불길이 솟았을 때

건기의 숲

건기의 숲엔 저절로 불이 나기도 한다
타오르는 무덤 위를 펄럭이며 날아오르는 새가 있다

스테인드글라스

여행자의 일요 미사, 성당의 보랏빛 지붕 위로 해가 지고 있습니다 밀떡을 먹으러 신부님께 다가갑니다 길게 늘어선 사람들이 뱀의 혓바닥을 내밀고 사라집니다 조그만 밀떡은 어떤 맛일까요 상처와기적의신부님 구원과은총의신부님 신부님에게 어울리는 이름이죠 입을 벌렸습니다 신부님이 양미간을 찌푸립니다 너의 혓바닥은 너무 짧아 이곳에선 아무도 너를 모르지 너를 모른다는 것만이 네 존재의 표식 얼굴이 활활 타오릅니다 비쩍 마른 자칼이 죽은 것들의 몸을 헤집을 때 완전하게 침묵할 줄 아는 자칼의 눈과 발톱과 이빨의 탐욕을 알고 있습니까 새로운 굶주림이 너에게 찾아왔으니 너는 속된 것을 내어놓고 불멸을 약속받으리라 오른손 중지는 왜 자꾸 오른쪽으로 휠까요 햇빛 아래 이글거리며 증발하는 초록빛, 청개구리를 한입에 꿀꺽 삼킨다면 너는 세상에서 가장 아름다운 노래를 부를 거야 불신은 혓바닥의 진화를 가져왔습니다 벼락과 말씀과 보복으로 가득 찬 신부님의 두터운 성대 아직도 비가 오는 날이면 청개구리를 물끄러미 바라보는 습관은 전설입니까 하나의 문장을 만 번씩 쓴다면 그 문장이 옷을 입고 사람처럼 걸어 다닌다는 것을 인디언들은 아직도 믿습니까 밀떡은 하얗고 꽃은 아름답습니다 희망의 계획서가 사라진 검은 수첩만이 용감해져 갔습니다

협탁이 있는 트윈 베드룸

휴게소에 가면 비우는 것이 있지
널 이해하고 싶은 편견
한낮 텅 빈 여행지의 숙소를 사랑해

영문판 불경과 성경이
협탁 위에

상처받았다고 믿는 습관은
위와 폐에 나쁘고
미의식이 결여된 제복이라지

비어 있는 가구와 서랍
서랍을 열어 보는 사람
서랍을 열어 보지 않는 사람
서랍이란 말이 쓸쓸한 사람

너와 나 사이에
협탁
이란 말

우리라는 우리

1

입술과 발톱이 마주 봅니다

허리가 둥글게 말리고 가슴과 무릎이 만납니다

입술은 발톱에게 변명할 것이 많고

발톱은 입술을 위로하고 싶습니다

입술에 빨강 립스틱을 바르고 발톱에 빨강 매니큐어를
바릅니다

입술과 발톱이 빨강을 바라봅니다

두 팔이 종아리와 허벅지를 끌어안습니다

입술이 숨을 뱉어 냅니다

같은 의미의 말을 반복하는 대신

끄룽텝 마하나컨 아먼랏따나꼬씬 마한타라웃타야마하딜
록……

한 번도 말해 본 적 없는

어느 도시의 긴 이름을 불러 보는 것은 어떨까요

사랑을 대하는 나의 자세는 빨갛게 친목적으로

입술과 발톱은 한 몸이 한 몸인 채로

2

당신도 허리가 짧은가요

나와 함께 허리가 짧은 여자

나는 당신이 아니라지

잘도 나불댔다가 잘도 다무는

입도 귀도 가벼운 애드벌룬

바람이 없는 날이면 시무룩 지상을 내려다본다

당신의 체형에는 장대높이뛰기가 제격이겠다

호흡 하나는 어디서 멈추나

허리를 길게 펴는 당신

숨이 차오르겠지만

가장 높은 곳을 지날 때 유연하게 손을 떠나는 장대

내가 사랑한 여자의 국적은 허리

춤추는 이별

기차는 길지만 바나나는 아니라네 비행기가 하늘을 날면 안전벨트를 풀고 차양을 올리고 기내식이 나오기 전에 입술을 깨물며 눈물을 흘리자 기차가 바나나가 되는 순간까지 내가 희망하던 대로 떠나는 자의 모습으로 이별의 편지를 읽었네 최선을 다해 읽고 말았네 우리는 외롭지 않은 우리를 견디지 못하지 누구에게나 맛있지도 않고 누구에게도 맛없지도 않은 기내식 같은 표정으로 구름 가득한 책 표지를 보네 춤추는 그대가 귀를 발에 달고 있는 것처럼* 나의 눈물이 뒤꿈치를 들고 또르륵 또르륵 입국 심사대를 나와 공항버스를 타고 해변에 도착한다면 연두 펜 쓰는 버릇을 버리고 밀짚모자를 쓰자 일광욕하는 사람들 모두 한쪽 방향으로 다리를 뻗는 것처럼

---

* 프리드리히 니체.

Close

케이크 사 와
왜?
오늘 너 생일이야

사차선 도로변 모텔
모텔 창문 밖 약국
약국 안 1,000밀리리터 식염수
식염수를 통과하며
흔들리는

베이커리

할인 쿠폰 만지작거리며 서 있던

제2부

너의 귓속은 겨울

전나무 숲에 하얀 꼬리의 여우들이
알전구처럼 빛난다 눈이 내리고 있구나
나는 까치발을 들고 창밖을 바라본다
잎사귀에 촘촘히 박혀 있는 바람

검은 손의 너는 내 어깨 위로 기어오르고
가느다란 팔로 목을 감싼다
검은손거미원숭이야, 우리는 한 번의 겨울도 가져 본 적 없지

눈밭 위에 맨발로 꽃잎을 그려 넣을 때
나는 한자리에서 뱅글뱅글 돌아야겠구나
발가락에 닿는 차갑다는 감촉은 어떤 느낌일까

발꿈치를 내리고 침대로 돌아와
웅크리고 앉는다

투명하고 뾰족한 얼음 조각에 스며드는
어떤 열기에 대해 상상한다

검은손거미원숭이야

내 목을 감싸고 있는 날카로운 손톱을 조금 더 눌러 준다면
붉고 따뜻한 것이 부드럽게 흘러내릴 텐데

하얀 꼬리의 여우들은 볼 수 있을까 내 방 가득 차오르는
눈물
얼음가시에 찔려 빨갛게 터지는 두 발

소년의 정원

형은 손바닥을 쫙 펴라고 했다 겨울이면 곱은 손가락이
둥글게 말렸다
　(그날은 운동화가 강물에 빠진 날, 하필 입 닥치고 조용
히 있기로 한 날)

나는 손바닥을 형에게 내맡기고 아스팔트 위로 걸어 나왔
다 나를 부르는 클랙슨 소리
　(얼룩무늬 튜브가 노을 속으로 사라진 시간 아이들이 운
동화를 쫓아 강물에 뛰어드네)

중앙선을 가로질러 자동차가 내 오랜 정원으로 들어갔
다 마른 가지가 슬픔도 없이 부러졌다, 작은 손 하나 그곳
에서 놀고 있는데
　(밤의 소용돌이 속으로 가라앉는 아이들의 뒤를 운동화
는 따라가지 않지)

내 어린 귀를 갉아 먹는 쥐와
은하를 건너는 어두운 정거장에서 무릎을 끌어안고 되뇌
던 저 주문들
　(야구와 당구에 관한 이야기는 끝이 날 줄 모르고 지루하

지도 않아)

형이 풀어놓은 그늘이 나를 찾아 돌아다녔다 한 뼘씩 늘
어 가는 쥐 그림자
(명랑하고 고요한 밤의 당구
아이들이 사라지는 동안 누군가 당구장 문을 열고 계단
을 내려가고)

나의 귀는 얇아져 가고 형의 목소리가 점점 들리지 않았다
(경고에 대하여
심판에게 선수는 아무런 유감이 없지)

형은 나를 불러내어 손바닥을 후려치고 있지만 정원에 숨
어 있는 나를 찾아낼 순 없었다
(강변의 산책자와 빗금 친 보행로에 대하여 조금 더 나눠야
할 우리들의 이야기)

형은 자꾸만 나를 깨우고 나는 우주 너머 계수나무 잎사귀
를 하나하나 헤아리고 있었다

내 친구 박수

내가 싫어하는 빨간색 빅 볼펜 이것 하나면 되겠니
내 친구 박수는
소중하지 않은 것 하나만 줘 봐 그럼 저주해 줄게
내가 싫어하는 빨간색 빅볼펜 너에게 줄까
청동방울 샀다고 전화하지 마

꽃 진 나무들이
폐휴지에 둘러싸인 담벼락이
불 꺼진 우유 대리점 간판의 글자가
박수의 창으로 흘러 들어갈 때
유혹은 사소한 것으로부터

기도하고 싶어 안달 난 박수에게
안녕!
핏빛 구름 명랑한 노을이 여름을 따라 지고 있었는데
누군가 영원히 내 곁을 떠나고 쌀알이 익어 갈 때
비 온 땅이 다디달아 푹푹 떠먹고 싶었는데

세상 끝에서 한 발짝 내디뎠을 때
내 귀가 팔랑거리고

달팽이 울음소리가 커다랗게 들리고 타들어 가는
다음 계절에 대해 입술이 꿈틀댈 때
점괘를 고르는 박수

마지막으로 쓴 빨강 이름이 지상에서 사라지고
사소한 저주는 끝이 나지 않네
너와 나의 귀가 바뀌었는지 간혹
들려오는 달팽이 거미 모기 백일홍 사람의 울음소리

이순신을 만나러

눈이 내리면 생각나지 않겠다
점점점 생각나지 않겠다 손을 잡아 본 적 있었을까
아무래도 너의 죽음은
귀족적이고 오만하고, 가족력 같다
나는 예감의 눈송이처럼

8번 버스는 매일 조금씩 늦게 도착하고
집에서부터 체육복을 입고 등교하지 않는
어린 나
내 최초의 자존심

8번 버스가 세종문화회관을 지날 때마다
목을 비틀어 창밖의 이순신을 보면
그날의 운이 좋을 것 같아
모두들 나를 따라 창밖으로 목을 내밀었는데

구름은 추락하지 않네
바람이 얼굴을 구겨 창 안으로 밀어 넣을 때
버스가 멈추고
언제부터 이별이었을까

\>
버스에서 공손하지 못하게 눈알이 뒤집혔을 때
모두의 눈알이 나에게 꽂혔을 때, 너는 정말
이순신을 만나러 갔구나

나뭇잎이 바람에 바스러지고
발뒤꿈치는 수많은 계곡을 그리며 갈라져 가는데
초저녁 분홍빛 눈송이
보도블록 사이의 길들이 비밀도 없이 사라진다

불탄 집

급성질환자는 빨리 죽거나 빨리 회복한다 어디로 갈까
맑은 수액을 떨어뜨리는 링거는
나를 일정한 속도로 불탄 집에 데려간다
직물을 짜던 심도공장이 불타고
불탄 공장이 집이 되었다
현옥이는 눈을 가늘게 뜨고 욕을 잘했고
나는 키가 컸지만
아무 곳에서나 오줌을 쌌다
비가 오면 지붕의 검은 자국이 더 짙어졌다
넘어지면 무릎이 쓸리는 시멘트 마당에서 고무줄놀이를
했다
전우의 시체를 넘고 넘어 앞으로 앞으로
여름밤엔 전우의 무덤처럼 봉숭아가 무성하게 자라났다
나는 비 갠 마당에 서 있었다 처마에 빗방울이
깊은 밤, 링거의 수액처럼 매달려 있었다
투명한 몸으로 투신하는 세계
파문이 일고 검은 지붕의 절반은 끝내 무너져 내렸다
고요했고 현옥이는 없었다
내 곁에서 텔레비전 속 착한 여자 나쁜 여자를 보던 환자
들은 어디에 있을까

박하 향을 수혈받듯 환하게 깨어나는 새벽
손등의 불거진 정맥을 바라보다 돌아가는 사람이 있다

소년, 카잔차키스의 봄

조용히 하세요 선생님
조용히 하셔야 새소리를 듣죠[*]
소년은 말했다 그리고
책상에 머리를 기대고 바르르 떨다 죽었다

새는 플라타너스에 앉아 노래한다
선생님은 코끝에 걸려 있는 안경을
엄지와 검지로 올린다 눈을 껌벅거린다

소년들이 모두 사라지고
교실이 텅 빈다

* 니코스 카잔차키스, 『영혼의 자서전』.

피아노 연습곡 하농

철조 담장에 장미 가시가 상해 가는 오월
장미 넝쿨 길 따라 집으로 간다
잠원역 화장실 변기에 점심 도시락을 쏟아붓고
아파트 단지를 벌써 여섯 바퀴
담장이 피로 물드는 맑은 오후
엄마 담은 가방이 무거워 학교에 갈 수 없지
도미파솔라솔파미 레파솔라시라솔파 미솔라시도시라솔
창밖으로 하농이 흘러나오고
코피가 장미 넝쿨처럼 쏟아지고
머리를 숙인 채 붉은 길 그리며 간다
점심시간 없는 점심 도시락을 매일매일 싸 주는 엄마
가끔은 내 머리에 콩자반을 꼭꼭 눌러 하트를 심어 주기
도 하지만
하트는 변기의 것이네!
도라솔파미파솔라 시솔파미레미파솔 라파미레도레미파
박자를 잃어버린 검은 건반 하얀 건반
엄마의 속삭임은 메트로놈
엄마 담은 가방을 분실물 센터에 접수하고
장미 넝쿨 무럭무럭 자라는 철조 담장 뒤에서
머뭇거리는 오후의 아이를 뱄네

오후의 아이는 나를 찢고 지지고 침을 뱉고
바람이 아이들을 몰고 가 장밋빛 구름을 만드네
후두둑, 맑은 날 비가 오던 날
음계가 빗물을 따라 하얀 건반 검은 건반

오랫동안 자라나는 아이들

풍선이 새처럼 날아올라 먹장구름이 됐다
구름을 찌르는 미루나무와
비명을 지르며 흩어진 삐라
칠월의 국도를 따라 삐라 주우러 간 일남 사녀는
밤이 올 때까지 비가 올 때까지
노래를 불렀다 녹색의 길로 빠져들었다
아이들이 사라진 마을에서 관습처럼 기도문이 울리고
불에 덴 심장을 안고 걸어온단다 불에 덴 심장을 안고 걸
어온단다
정오의 하늘로 깊숙이 들어간 새들의 눈이 멀고
아이들이 검은 풍선을 손에 쥐고 돌아왔다
아이들의 등마다
낯선 영혼들이 매달려 왔다
아무도 모르게 그들만의 우정 그들만의 사랑 그들만의 애
원으로
등이 조금씩 굽어 가며 자라나는 아이들
그들의 친숙한 이웃이 안부를 물어 올 때면
일남 사녀는 잠시 허리를 펴고 저물어 가는 하늘을 보았다
라디오에선 귀경 차량의 행렬과
횡단보도에서 떠오른 풍선의 경로

마룻바닥에 엎드려 매미 울음소리를 듣는 그림자가 있었다
오랫동안 자라나는 아이들의 목소리가 낮게 낮게 들려왔다

가위

당신이 오고 있다
무거운 추를 어깨에 메고
내 머리는 굴러떨어질 듯
굴러떨어질 듯 굴러떨어지지
않는다 첨탑 피뢰침 같은 곳에서
그 아이에게로 가는 길 위에 나는
너무 오랫동안 머물고 있다
한 그루 꽃나무가 되고 싶은
아이의 두 다리와
아직 돋지 않은 열 손가락이 가위를
피해 움츠렸을 잠
아이는 나를 밟고 맴돌고
통과한다
붉은 뺨 붉은
광대뼈에 새겨진 가계도
목을 누르고 있던 마디 없는 손자국
눈알을 굴리며 사생아를 낳는 잠의 끝
우리는 어려운 포옹
새끼발가락을 움직여 온몸을 거두어들인다
슬그머니 몸을 빠져나가는

뭉클한 덩어리

당신이 돌아오는 밤마다 침대에 고이는 하얀 피

오수

나는 옛집 돌담에 기대앉아 있지
내 뺨에 머릴 기댄 나팔꽃도
꽃잎을 오므린 채
잠을 청하는데
귀를 닫고 쏟아지는 여름잠을 자야지

내가 태어나자 아버지는 밤마다 마니산에 올라 횃불을 밝혔다고 한다 이름 없던 날들의 평화 아버지 그녀가 원하던 뻐꾸기시계를 바치고 외자로 내 이름을 받아 오던 새벽녘 횃불을 죽이고 머리맡에서 홀로 인사를 나누었으리라 참성단은 폐쇄되었다 아무렴 전국체전 때에나 불을 밝히지 아버지 어디선가 뻐꾸기처럼 내 이름을 부르고 있을까 아무렴 아무렴 아버지의 봉화는 언제 불을 다시 밝힐까 평화로운 날들을 기억하던 이웃도 사라진 지 오래 정시마다 뻐꾸기시계가 운다 내 이름이 울면 아버지가 돌아오신다고 했다

바람이 녹색의 길을 덮어 버리고
뺨을 타고 올라 귓불을 감싸는 나팔꽃
옛집은 어두워져 가는데

>
서늘해진 이마의 땀을 닦고
쏟아지는 저녁 햇살에 눈꺼풀을 올려야지
툇돌에 놓인 구두를 닦아야지

청평유원지

번개가 치자 빗줄기가 잠시 드러났다 사라진다
빠른 속도로 귀가 커지고
천둥소리 기다린다

(이쯤 쓸 때, 웅이가 죽었다는 전화가 왔지)

산 중턱에 흉가처럼 몰락한 유스호스텔이 있다
사내들이 현관으로 몰려가 담배를 태운다
번개가 한 번 더 쳐 줄까
밤하늘을 올려다본다 비는 가로등 아래서만 내리고

(기차를 타고 장례식장에 간다네)

아람단이었던 소년들이
담배를 비벼 끄며 모텔이나 찜질방에 가자고 일어선다

화요일의 죽음이 일요일의 죽음보다 더
멋지다고 생각해 본 적은 없지만
누군가는 화요일에 죽고
수요일에도 금요일에도

몇백 년 동안 늙어 가는 은행나무가 있다

(이곳에선 울음과 웃음이 어쩔 줄 모르고 섞여 있지)

극기 훈련을 마친 소년들이 우르르 단잠에 빠질 때
빗속에서 타오르는 은행나무를 상상하느라
밤새 늙어 버린 사내가 있다

(새롭게 단장한 청평 역사에는
 사라지는 얼굴을 기념하는 흑백사진이 걸려 있다네)

소녀 특별전
―고궁박물관

고궁박물관에 갔던 날은 섭씨 영하 칠 도, 체감온도 소녀가 사라진 그해 겨울 그 집 웃풍이 고궁박물관 수장대의 깃발처럼 펄럭이던 살림이 동강동강 나던 소녀의 십구 세 십구 세기의 媽媽는 검소가 미덕이시라 고궁박물관에 그 뜻만 남기고 섭씨 영하 칠 도를 꿀꺽 삼킨 지하 로비에서 나는 거품 나는 카푸치노 그리운 소녀의 추억을 마신다 전시관에 걸려 있는 유품 사이로 소녀의 아버지와 어머니의 초상이 겹쳐지고 그들의 얼굴엔 소녀가 집 나갔을 적 지어 보인 절규가 우린 절규를 오해하듯이 당신들의 초상을 오해하고 고궁박물관을 오해하므로 십구 세 소녀의 집에 꽃이 피고 웃음이 흐르길 소망했으리라 mama의 세월이 비탄의 나날은 아니었듯 고궁박물관에서는 마마가 행차 가실 때 타고 다니던 '가마 특별전'을 여는데 가마 타고 떠난 마마는 소식이 없고 소녀는 여기까지 어떻게 왔을까 슬픔을 잃어버리기까지 몇 번의 특별전을 치르며 당도했는지 마마는 흩어져 골목골목 유물로 떠돌고 소녀의 눈동자 속으로 검은 눈송이 파고들고 있었다

소녀 특별전
—구미역 2층 역전 다방

　잠들지 말아야 해 내 앞에 놓인 따뜻하고 달콤한 레몬차를 마시지 말아야 해 아저씨를 기다려야 해 아저씨 까무룩 잠이 들 것 같아요 무서운 레몬차 두려운 아저씨 파출소에서 나를 찾아가는 삼촌보다 더 다정한 아저씨 비닐봉지 뒤집어쓰고 할로윈 놀이 같은 건 하지 않았어요 열대어들이 여러 빛깔의 츄파춥스 무늬처럼 몰려다녀요 아저씨는 이 밤에 어디로 간 걸까요 공중전화 부스에서 나를 주운 아저씨 콜렉트 콜 콜렉트 콜 콜렉트 콜 훌쩍이는 나를, 아저씨에게만 살짝 내 단단한 결의를 보여 주기로 해요 내 심장이 기차 타는 겨울을 검정을 몹시 사랑해서 떠돌아다니는 눈송이를 나는야 검은 눈을 헤치며 기차 타고 구미역 2층 역전 다방까지 나를 쳐다보는 언니들 어쩜 언니들의 화장법은 나를 감동시키지 못하고 알록달록 어두워져 갔을까요 에이스크래커 귀퉁이를 뭉개고 있는 언니의 빨강 손톱 언니를 빨강으로 정의하는 것은 몹쓸 짓이지만, 나의 손바닥도 두근두근 슬퍼져서 땀이 흘러요 아저씨 레몬차의 새콤한 맛을 볼 수 있도록 아저씨

　나의 오랜 아저씨 나는 지금 가정음악 양식 같은 기다림을 배우고 있답니다 푸릇푸릇 겨울이 사라지고 있는 것처럼 레몬을 상상해도 침이 고이지 않는 것처럼

소녀 특별전
—나쁜 소원을 "쓴다"

밤마다 사그락사그락

연필깎이 돌아가던 소리 잊고 싶어

사우디아라비아 대사관이 있던 동네에 "살았다"는

좁은 골목 안 기와집 모두

꽃나무 한 그루를 갖고 "있었다"는 것도

백열등이 바람에 흔들려서 "불안하다"

창호에 손가락이 바르르 떨리는 것도 다 "비치다"

나는 감은 눈에 주름이 지도록 한 번 더 감았어

사내는 치마를 "들추다" 내가 몸을 비틀면

연필을 "깎다"

세 가구가 살던 기와집 잿빛

지붕 아래 나만이

연필깎이를 가지고 "있다"

그의 눈에 연필심을 박아 넣으면

그림자가 사라질 것 같다고

등나무를 등지고 해 저문 운동장을 바라보던

열세 살, 처음 "흐르다" 생리혈

수학이 어려웠고

학교를 "그만두다" 아이를 따라

롤러스케이트 타러 가던 날이었지

마론의 가을

폭우가 눈보라가 되는 동안 새들이 사라진다

마론 인형의 발은 말랑말랑하다
나는 손가락을 빠는 대신
마론의 발을 질겅질겅 씹곤 했다

가을은 없었다 고대에는
여름 호수를 건넌 여신이 눈 위에 발자국을 남겼다

낙엽 쌓이는 시간에 대해 누군가 나에게 물을 때

발을 잃은 마론의 머릿결을 빗어 주었다
커다란 빗은 내 손등이나 마론의 머리를
찍었고 우리는 함께 창밖을 바라보았다

대륙을 횡단하여 온 새들의 날갯짓 소리가 들려온다

첨탑처럼 솟은 옥탑방에서 자장가를 부를 때
바람이 나를 뚫고 지나갔다 내 몸을 빠져나간 것들이
나뭇가지에서 빨갛게 익었다

>

어느 날 사라진 것들은 자신의 부재를 알린다

꿈에 대한 의심스러우면서도
습관적인 해석을 들어 주던 마론의 둥근 눈
벌을 주는 가정에서 태어난 당혹스러운 나의 계절을
마론은 무엇이라 부를까

낯설고 두려운 채로 가을을 처음 기록한 자는 누구인가

백설기의 기원

오징어 눈이라 부르던 오징어
입을 소리 없이 먹어 치우던 아이들
경도상회에서 아이들의 눈동자는 흔들렸지만
귀밑까지 뻗은 이빨이 즐거웠다

다리를 건너 인천이나 서울로 떠난
경도상회의 소년 소녀 들이 모두
본철이 아들 돌잔치에 둘러앉아 전도에
단결된 자세를 보일 때 미소를
잃지 않았다 좋은 습관이다

경순이 순님이 복님이 본숙이 금숙이 본일이 본철이
칠 남매는 모두 예수쟁이가 되었다 그들은
내가 결혼하지 못하는 이유를 예수를
믿지 않아서라고 했다

배우가
되려던 셋째는 미스 춘향에도 나가고 남부군
촬영장에도 따라다니다 그만두었다
우리는 그녀를 따라 눈꺼풀에 쌍꺼풀

테이프를 붙이고 라디오를

들었다 그네들의 엄마가 집집마다
돌아다니며 고사를
지낼 적에 그녀의 몸속으로 외할머니가
들어오는 것을 아이들은 끔찍이도
싫어했지만 팥고물 얹은 백설기를
기다리느라 자리를 떠나지 않았다

제3부

온양온천역 왼편 호박다방

다방은 커피가 이천오백 원밖에 안 해…… 그녀가 담배
를 피워 문다
기차는 다섯 시 오십 분에 떠나고

가족탕이라고 해 봐야 방 하나에 욕조 하나가 다야
재떨이에 침을 뱉는 그녀
이월의 바람이 사내를 따라 들어온다

메뉴판 없어요? 여긴 메뉴판 없어요 다방의 명물은 어항
그녀와 나는 플라스틱 수초를 바라본다

우리 여관은 거의 달방으로 나가
대실은 재미가 없어 오래된 집이야
그녀의 엄마는 여관을 넘기고
대실료 이만 원씩 챙기던 그녀는 소일거리가 없어졌다

커피 콜라 주세요
연변말처럼 서울말을 쓰는 아가씨가 커피를 흘리고
콜라엔 얼음이 없다
괜찮은데 커피 잔을 닦는 아가씨, 괜찮다는데

\>

공부를 안 하니까 별걸 다 까먹네, 승마 지은 시인이 누구지
승마나 승무나 그게 그거지
어항 너머 금 팔찌의 사내를 바라보는 그녀

여기 얼마예요
육천 원만 주세요
가격 미정의 값들
커피값도 콜라값도 알 수 없는 호박다방

김경순 씨 쓰레기 수거해 가세요

명수연립 105동 304호 김경순 씨 쓰레기 수거해 가세요
검정 비닐 봉투 까발려 놓은 속살과 때 지난 명세서에 찍힌
김경순 씨의 생활亂이 달빛 3길에서 노래지고 있었다

매미 울음소리 수박 쪼개지는 소리 수도 계량기 올라가
는 소리
풍경의 말들이 스며드는 한낮
304호의 문으로 낯선 사내의 뒷모습이 사라지는 걸 보았다

경비 아저씨는 보도블록 위의 버찌를 쓸어 담고
선풍기가 홀로 회전하고 있었다

벗나무 그늘 아래 명수연립 부녀들의 독서 시간
꼬리만 보이는 남자와 한여름에도 창문을 걸어 잠그는 여
자의 사랑에 관한 텍스트
벗나무는 잎사귀의 귀를 무성하게 넓혀 가고
바람이 불 때마다 가지에 매달렸던 말들이 붉게, 까맣게
터져 버렸다

굴러다니던 김경순 씨의 연체 고지서와

보도블록에 떨어져 뭉개진 버찌가

햇볕에 말라 갔다

조용한 말들이 골목을 타고 돌아다니는 여름

텅 빈 대낮을 견디는 독법讀法

유럽식 연애

우리의 사랑은 나날이 강해지므로 쾌활한 파괴
자, 우리는 우리의 사건을 기록
하면서 화분을 깨트리면서 정오의
햇살이 가로등 불빛
속으로, 헝클어진 머리카락 깊숙이 손가락을 찔러
넣고, 고개를 끄덕거린다 흡혈하는 이빨이
된다, 고뇌를 물고 있는 송곳니
맛있다 달이 구름에 가려진 날은 더
맛있다 무릎을 꿇고 끓이는 붉고 끈적한 차
우리는 아무것도 알지
못한다, 두드리면 쉽게 열리는 문에 대하여
어려운 독해를 원한다 수준 높은 미학을
원한다, 서로의 입술을 바라
본다, 눈빛은 입술을 어디에 쓰고 싶어
하는지 알고 있다
동어반복이 동어를 반복할 때까지
한 움큼의 두통약과
탁자가 있어도 우리의
절정은 지연되지 않는
다, 높고 빠르고 심각한 우리는

점점 아름다워지므로
서로에 대한 의문에서 지워
진다,

둘시네아 델 토보소 아씨의 이상형

성에 갇힌 둘시네아 델 토보소 아씨의 입술처럼 빨간 장미가 피어 있는 토요일 오후 두 시의 메리어트호텔 화장실 나는 화장을 고치고 진주 목걸이를 쓰다듬었다 두 눈에 힘을 주고 다시 라운지를 한 바퀴 돌아보지만 내 사랑은 보이지 않아

나는 지인의 권유로 최첨단 마이크로 칩을 나뭇잎 가느다란 물관에 심는 일을 한다 그 가는 물관이 바람에 흔들릴 때마다 세계 평화의 페로몬이 흘러나오도록 장치하는 일이 나의 소임이다 이것은 중세 편력 기사처럼 고독하지만 매우 낙관적인 일

그러던 중 '우울한 얼굴의 기사'를 소개받기 위해 그 자리에 나갔던 것이다 그의 인상착의는 이렇다고 한다 머리엔 맘브리노 투구를 쓰고 팔과 다리는 비쩍 말라 더 이상 두 눈 뜨고 볼 수 없을 정도라는 것이다 오! 내 사랑

내 사랑 '우울한 얼굴의 기사'에 대한 몇몇 오해는 흑석 2동 반장과 벧엘교회에 열심인 1005호 장로가 나의 직업을 의심하는 것과 같이 사소한 일이나 동네 어린아이들은 서늘

한 바람이 불 때마다 '우울한 얼굴의 기사'를 닮고 싶어 했다 학교가 있던 터에서 바람개비를 돌리던 흔적이 그것을 말해 주었다

나의 기사는 그 어떠한 고난에도 불구하고 로시난테의 궁둥이를 박차며 내게 달려와 무릎을 꿇고 작고 앙증맞은 발에 입술을 맞추리라 선을 보기로 한 날은 토요일이 아니라 일요일이었다는 걸 알았을 때야 술에서 깼고 자꾸 실눈 뜨는 버릇이 생겼는데 그럴 때마다 편력 기사의 뒷모습과 로시난테의 궁둥이가 멀어져 가는 거라

여름이 오고 있구나 바람이 불고 있구나 내 아름다운 풍차가 있는 언덕으로 말발굽 소리를 내며 달려오는 고요의 눈이 있는 거라

바늘 마술사

실에 엮인 바늘이 사내의 입 밖으로
끊임없이 빠져나온다 반짝반짝반짝
검은 치파오의 곡선을 따라 바닥에 도달할 때까지

사내는 바늘을 거두어 입 속에 도로 집어넣는다
관객을 향해 찢어져라 입을 벌린다
텅 빈 방, 우리는 놀라는 법을 알고 있다

사내의 손에 이끌려 나는 무대에 선다
우리는 무언극을 한다

당신과 나는 나이가 같고
당신과 나는 키가 크니까
우리 결혼하는 건 어떨까요

사내의 자줏빛 목젖이 가늘게 떨고 있다
나는 당신을 부인한다 당신은 바람을 만든다
종이 가루가 환하게 흩날린다

중절모의 높이만큼 비밀을

장미꽃 한 송이를 남기고 무대는 막을 내린다

구름에 침이 고이는 축축한 밤이 돌아왔다
누군가 입을 벌리기 시작했고
입 속에 바늘을 감춰도
전염된 하품처럼 우리는 잊혀져 간다, 바늘 마술사

흑석동 현대목욕탕

머리에 분홍 밴드를 두르고 수건으로 알몸

을, 가리고 목욕탕에 들어

섭니다 미지근한 물에 몸을

적십니다 비누

거품을 냅니다 머리를 감을 때는

분홍, 밴드를 벗어 놓아요

열탕에 몸을 담그는 순간

푸드덕 솜털

마다, 그녀들이 깃듭니다 뜨거운 것과 차가운

것이, 만나 내가 아닌

낯선, 숨결이 나를 쥐고 흔듭니다 여자들은 물을

튀기면서 색조 문신을

이야기하면서 달걀 껍질을

벗기면서 목욕을 합니다

열한 시 십오

분, 분침이 중심을 잃는 시간

욕조 안의 종아리가 굴절

되어, 흔들리고 내가 만나는 어둠은

따뜻한, 겨울

바다, 같은 것 여자들이 쏴쏴 푸파

푸파 발가벗은 채 물에 불린

말, 쏟아 냅니다 벽

이, 출렁이며 흔들립니다

천장에 맺힌 물방울 똑

똑

떨어집니다,

결론으로 향하는 분홍

겨울 외투를 입은 사람들이
그녀를 둘러싸고 노래를 부른다
고요한 화음 속에서 드러나는
긴 머리카락 푸른
눈꺼풀 올려 바라보는
창밖의 구름
그녀의 구토는 분홍
간호사도 보호자도 치워 주지 않던 분홍
사람들이 멈추지 않고 쏟아 내는
얼룩 말 나무 바늘 같은
노래의 보호색 분홍
지붕이 하얗게 높아지는 집
계단에 눈이 쌓여 갈수록 연탄재
분홍, 고음이 삐걱거리며
합창곡 부드러운 계단을 따라
삼단논법의 결론 밖으로
그녀가 기다리는 것들에 대해서
곰곰이
뭉개지는 눈 어두워지는 아스팔트
그녀의 머릿결을 닮은
분홍의 결론 같은

고장 난 문

    칼로 손잡이를 도려내는 것 칼에 손을 베이는 것은 서투른 솜씨 성급한 결심 욕실의 공간은 나를 습격하기로 결정했던 것 백색 타일을 벗고 숨통을 조여 왔지 눈물을 배양하는 나를 기다려 왔어 깨진 변기 밑동 누런 욕조 물방울 소리 귀에서 메말라 갈 때 늑골이 아파 숨을 몰아쉬어 단단하고 섬세한 공기의 중심 팔과 다리는 관념을 향해 말려 갔지 잠에서 깨어나도 꿈을 완성하려는 습관 이제 그만할게 너는 너에게 집중하면서, 문밖에서, 119를 부르는 것은 어떨까 백색 피를 흘리는 나를 위해 유리의 문지방은 이미 높은 숲을 이루었는데 바닥으로 가라앉는 공기 차가워 어떤 응답도 주춤주춤 오는 법이 없지 폭죽처럼 웅크렸다 펼쳐지는 팔과 다리는 아름다운가 너는 칼끝으로 자물쇠의 입술을 겨누고 있구나 부러진 칼끝의 또 다른 모서리

목련의 안부

붉은 글씨는 아무런 동요도 없이 밝네
혼자 들어갔던 응급실을 혼자서 나오네 밤사이 눈이

사생아처럼 내렸네 찰박찰박 젖은 눈 밟으며 가네
손등의 멍 자국, 혈관의 길이 부풀어 오르네

차가워진 손끝이 바라보는
가파른 골목 계단의 스테인리스 손잡이

바람이 구름의 부드러운 눈을 찌르고
검은 눈
검은 피가
맨홀 속으로 흘러가네

우리 동네 새마을금고 안에는 우체국 출장소가 있는데
나뭇가지에 그늘이 깃드는지
눈꽃을 털고 있는 목련화

오수 2

　당신이 나를 이해하고 있다는 것을 나도 조금은 이해하
고 있었는지 모르겠다

　뭍으로 올라온 향유고래 같아
　당신은 어디서 돌아온 거지
　얼굴을 지우고 쪼그리고 앉은 바닷가에서
　너는 곧 사라진단다 향유고래야 사라진단다 향유고래야
그런 건 비밀 아니겠니

*

　당신은 프랑스 연극 단원의 한 사람이며 부업으로 모델
일까지 겸했다 원숭이 이마처럼 널따란 당신의 이마에 굵
은 주름 돋을 때 주름의 골을 따라 들어가면 나는 파란 펠트
모자를 쓴 사나이 당신의 형형한 눈빛이 나에게 머물렀던
것일까 눈 밑 검은 그림자를 기억해 정오의 전람회 빈 회랑
에 울리는 하이힐 소리, 길고 어두운 눈 밖으로 걸어 나온

*

>

향유고래야 너는 곧 사라진단다 사라진단다 낮에 홀로
깨는 잠처럼

모래 눈물

드림랜드 영화관에 가려면 용산
역에서 내리세요 용산 전자상가를 또박
또박 거쳐서
당신은
보라색
하이힐 오전
의, 전자상가에 모인 사람
들은, 그 무엇에도 집중하지
않고, 길을 물으면 모두 힐끔, 친절
하고, 불편합니다 보라색 하이힐
이란 것, 눈에 띄게 높고 건조한 영화
예매는 필요 없어요 차라리 눈물
이나 넣어
두세요 그래도 예매를 했다는
것, 당신답네요 이제 도착
했군요, 전자랜드 5층 드림
랜드 롯데리아가 폐업했다고 실망
하지는 않겠지요 점점이 놓여 있는 빨간
의자 하이힐 밖으로 삐져
나온 발톱, 닮았네요 당신은

창가의 자리를 좋아하는데 유리

벽, 너머 조용한 그곳 윙윙거리는 먼지

만, 보고 있겠군요 팝콘의 까끌

까끌한 표면에 혀를

　굴,

　리,

　면,

　서

폐기흉

책상 위에 흩어져 있는 그림엽서는 유파가 다른 그림 새
들의 구애와 세모와 네모가 박음질되어 있는 여러 날의 밤
옆구리에 남은 수술 자국은 고요하지만, 가렵다 말하지 않
으면 아무도 모르는 얌전한 자리에서, 가렵다 가슴이 부풀
어 올라 잠을 이룰 수 없었지 반듯하게 누우면 숨을 쉴 수
없었어 앉아서 더 잘, 잘 수 있었어 언제라도 구두를 신고
외출하려는 사람처럼 옆구리에 H라고 썼지 꿰매기 전에 갈
라야 했어 세 번 긋고 벌리면 네모난 창, 붉은 박쥐들이 쏟
아져 나왔어 몸통 가득 거꾸로 매달려 있던

박쥐, 네가 빠져나간 자리가 아물고 H는 조용한 창문이
되었다 한 땀 한 땀 옆구리를 깁던 밤 평평한 침대는 등이
배기고 네가 빠져나간 자리에 아무 꽃이나 꽂아 넣었지 나
는 검은 공기의 덩어리를 베어 먹으며 창문을 흔드는 너의
분신을 걱정했다 금욕적인 식탁은 불편하지만 식단은 풍성
하고 다양하다 네가 보내 준 차림표는 절망염려증에 대한
지지였는데 답장이 너무 늦은 건 아닌지 너를 두려워하며
반기며 걱정하며 반기며, 암청색 폐가 뱉어 내는 숨결이 너
를 불러오는구나 신발장에서 구두를 꺼내어 한 켤레씩 신
어 본다 반짝이는 구두코 어둡고 윤이 나는 너의 날개처럼

J의 비밀 목록

토요일 정오 시계탑에서 떨어지는 햇살
노래가 끝나기 전에 흘러내린
생일 케이크 위의 촛농
산책로의 가등처럼 어둡다
밝아지는 살구나무 숲에 대한 고백
굽이 높은 하이힐을 벗고 걷는 아스팔트 길
너무 많은 아침을 여는 사람
정일학원이 사라져도 정일학원인
버스 정류소 표지판
허리에서 돌고 있는 두껍고 질긴 지압 훌라후프
호주머니 속 기도문과 마주치는
책 표지 글쓴이의
이름 택시가 많은 오거리에서 마을버스를 기다리는
여자 며칠 후의 문자메시지를 읽는 동안
늙어 버린 나뭇잎
지나치게 바라서 슬픈 목록들 사이사이

11월의 눈

우리는 창의 가운데서 흰 커튼에 주름을 접으며 천천히 전진하였다 커튼에 우아한 주름이 겹겹이 쌓여 갈 때 창은 여전히 넓고 창백한 입술이 얇아져 갔다 환자복을 입은 창문이여 우리는 병적으로 창을 닦고 병적으로 리본을 부풀렸지 불어넣은 입김 위에 쓴 이름이여 대청소의 날 만족할 줄 모르는 투명한 안경알이여, 손에 들린 걸레는 허밍처럼 고요히 흔들리고 화단의 젖은 흙이 단내를 풍길 때

눈이 내린다

가늘고 단단한 훌라후프, 밟으면 단숨에 부러지는, 훌라후프로 줄넘기를 하는 아이가 둥근 고리에서 비눗방울 돋아나듯 원을 통과했다 세상의 모든 빛이 점으로 흩날릴 때 하늘은 은청색이 되었다 옥상에는 부러진 훌라후프와 메마른 화분, 나는 하얀 장미를 원했고 장미 위로 구름이 내려앉았다 꿈이 없이 깨어나는 밤에는 공터에 쭈그리고 앉아 낙엽을 바스러뜨렸다 파랗게 얼어 가는 장미의 주름 포겔프라이 왕자의 깃털이 가등 아래 모일 때

당신은 당신의 것

숲속의 남산도서관
야외 벤치에 앉는다
어깨를 좁히고 목을 고정하고
검정 매니큐어 병을 흔든다 식욕을 억제하는 빛과 향
손목의 연골만이 자유로운 것처럼
손톱의 결을 따라 바른다
이른 아침 라일락 향기는 당신의 것
오월의 모든 초록은 당신의 것
검정 매니큐어를 한 번 더
바른다 당신은 당신의 시선으로 내 몸을 덧칠한다
맞나요 내 몸이 파랗다는 것, 살굿빛이라는 것
가느다란 목 뒤로 물결치는 바람
예의를 잃어버린 표정으로 빤히
나를 쳐다보는 당신
볼록렌즈처럼 동그래진 등 위로 햇볕이 모인다
등이 굽을수록 가슴이 끌어모은 검정이 짙다
머리를 무릎에 묻고 아, 아
우 우 손가락을 쫙 편다
오른손 중지는 오른쪽으로 휘고 왼손 중지는 왼쪽으로 휜다
낙타의 지방 덩어리 혹처럼 오래오래 타오르는 굽은 등

허리를 펴고 기지개를 켠다
바람에 말라 가는 검은 손톱
무럭무럭 자라는 상수리는 다람쥐의 것
꽃 숲으로 사라지는 케이블카는 여행자의 것

해 설

눌변으로 지어 올린 실實체험의 건축물

조재룡(문학평론가)

시가 근본적으로 상상력을 구동하여 말을 조합해 내는 작업이라는 것에 이의를 제기할 수는 없어 보인다. 사물이 되었건 풍경이 되었건, 아니 사람과 부대끼는 일, 즉 삶에서 묻어 나오는 구체적인 경험에 있어서도, 최소한의 상상력은 제 말을 여유롭게 부릴 틈새를 시에 열어 주는 동시에, 다른 곳(미지의 영역이라 할)을 큰 폭으로 넘나들 힘을 만들어 내는 중요한 매개이기 때문이다. 우리가 흔히 시적 자유라고 부르는 것도 따지고 보면, 나란히 놓아두기 어려운 이미지들이나 가지런한 맥락에서 탈구된 문장들을 이어 붙이고 한데 포개어 놓아, 태연을 가장한 상태에서 어떤 놀람을 통고하는 상상력의 결과일 뿐이다. 상상력은, 이 경우, 시의 전제 조건과 크게 다르지 않으며, 또한 이미지는, 멈추어 선 과거의 특정 대상에만 한정되는 대신, 무언가를 적극적으로 현재에서 도모하는, 상상력이 빚어낸 또 하나의 행위인 것이다. 그런데 어떤 시를 두고서, 상상력이 전혀(거의) 목격되지 않는다고 한다면, 시가 밀어붙인 외연과 제 쪽으로 끌어당긴 장력에 대해, 아니 이 시인의 시적 자질에 대해 대관절 무슨 말을 할 수 있을까? 남궁선의 첫 시집 『당신의 정거장은 내가 손을 흔드는 세계』는 철저하리만큼 상상력의 물기를 빼낸, 그러니까 매우 건조한 상태에서 뿜어 나오는 독특한 경험의 세계를 구축하고 있다는 점에서, 기이한 작업의 보고서라고 할 수 있다. 팩트fact라고 부를 만한 구체적인 경험 하나를 그러쥐고서, 거기에 또 다른 팩트들을 하나씩 덧붙여 나가며 조작을 감행한 시를 목격하는 일이 어디 그리 쉽던가. 상황이 이렇다면 시의 구절구절들이 죄다, 몸소 살아 낸 체험만으로 구성된 것이라고 해야 옳을 것인데, 그러나 이렇게 말해야 하는 처지가 묘연하기는 마찬가지다. 왜냐하면, 오로지 경험한 사실들로만 적어 내었다고 해도, 남궁선은 당위와 현상, 욕망과 현실, 과거와 현재, 나와 타자가 서로 심하게 어긋나거나 유리되는 시를 쓰는 시인이 아니기 때문이다. 이처럼 "이 모든 것은 지금, 내 손바닥 위를 지나가는 증상들"(「이 모든 것은 여기」)이라고, 제1부의 앞에 빼어 문 서시序詩 격의 작품에서 밝힌 바 있지만, 그러나 이 말도, 그리 믿을 만한 것이 되지는 못한다. 그가 쌓아 올린 사실의 기록들은, 사실, 사실을 벗어나, 저만의 문법에 충실하고 저만의 기억으로 굴절된, 어떤 세계에 벌써 가닿고 있기 때문이다.

1. 백지 위에 쌓아 올린 입체의 퍼즐들

시집의 제1부, 제2부, 제3부 각각을 여행기, 회상기, 일상기로 구분하는 것이 가능하다 할 정도로, 시집의 구성이 단정해 보이는 것은, 그러니까, 거칠게 말하자면, 기만일 수도 있는 것이다. 그렇다. 쉽사리 걸머쥐게 되는 이해의 돌출부에는 항상 함정이 도사리고 있다. 단순하면서도 단단해 보이는 시집의 외형은 그저 외형일 뿐인 것이다. 제1부는 여행지에서의 경험을 토대로 구상했던 (그곳에서 집필했던) 작품들을 모아 놓았지만, 좀 더 깊숙이 들여다보면, 타자라는, 예기치 못한 주제가 여기저기서 불쑥거리고 있으며, 거개가 과거에 대한 회상에 헌정된 것처럼 보이는 제2부의 작품들에서도 가족사의 복잡하고도 다양한 면면들이 '성장의 서사'라는 복면을 뒤집어쓰고서 나(개인)-가족(공동체)의 윤리를 각성하는 방법을 고지하고 있으며, 제3부에 배치해 놓은 저 범속하기 짝이 없는 실생활의 경험담 역시, 소소한 에피소드에 불과하다고만 할 수 없을 정도로, 사회적 긴장감이 곳곳에 스며들어 있기 때문이다. 그러나 이걸로 끝도 아니다. 각각의 커다란 세 덩어리를 하나로 이어 주는 죽음이나 강박관념, 냉담함이나 무관심을 잠시 뒷전으로 제쳐 두더라도, 사라져 가는 것들에 대한 사색이나 소소한 존재들이 삶을 향해 뿜어내는 (작은) 외침이 소묘풍의 차분한 묘사에 기대어 도출될 때, 우리는 시집 전반에서, 치유될 수 없는 어떤 상태를 담아낸, 생경하면서도 쓰라린 서사 하나로 관통되어, 다양한 해

석의 교차점이 생성되고 있다는 사실에 주목할 수밖에 없게 된다. 시인이 이와 같은 주제들을 '만듦(pöien)'의 대상으로 삼아 제 시집을 효율적으로 구성할 수 있었던 것은, 물론 그 특징들을 집약적으로 표현해 낼 언어의 부림이 시집의 주변과 내부를 조율하고 있기 때문이다. 그러나 언어의 부림은 비단 행갈이나 괄호의 사용, "동어반복이 동어를 반복할 때까지"(『유럽식 연애』) 감행된 몇몇 문장의 일시적인 조작만을 의미하는 것은 아니다. 실체험이 유기적인 하나의 건축물과도 같은 모양새를 갖추게 되는 순간이란 오로지 '주제-언어/언어-주제'가 서로 호응하는 순간이라는 사실을 염두에 두고서, 제 글을 매만지고 보살핀 자의 겸허한 기록인 것이라는 점에서, 남궁선의 첫 시집은 나름의 완성된 세계를 넘보고 있다고 해야 할지도 모른다. 예컨대, 이런 것이다. 과거와 이 과거 속에서 진행되는 현재, 또한, 그것을 지금-여기로 끌고 와 우리에게 들려주는 현재의 서술을 각각 구분하여 사용하는 방식은, 시인이 흡사 백지라는 평면 위에 쌓아 올린 입체적 구성을 벌써 염두에 둔 것은 아닌가 하는 착각마저 불러일으킨다. 그러니, 우선 괄호의 사용에 주목해 보자.

> 담배도 팔고 라면도 판다던
> 김충권 씨네 민박집에선
> 아무것도 팔지 않았다
> (건기의 밤엔 나뭇잎이 내 목의 피를 마시러 온다)

축축하고 푸르고 주홍빛이 박혀 있는
뾰족한 표창, 불가사리가 바람을 타고 몰려왔다
(짐승의 울음 되어 커다란 낙엽이
 지붕을 덮을 때, 나무의 뼈를 핥는 달)

객지 사람들이 모두 떠나자 소매물도는
태풍에 휩싸이기 시작했다
(낙엽과 대결하는 이 구도는 오래전 모닥불을 피워 놓고
 공포를 계산하던 나의 눈동자)

　　　　　　　　　　　　　　　　　　　—「불과 물의 눈」부분

　「불과 물의 눈」의 구성만을 말하자면, A4용지 위에 이중의
건물을 쌓아 올리는 행위를 실천하기라도 하는 모양으로 서
사의 얼개가 짜여 있다. 서사 구조의 이원화는, 현재 시를 쓰
고 있는 시점과 시가 기술하고 있는 과거의 시점을 각기 구별
하고자 했기 때문이었겠지만, 그것은 상상력을 몰아낸 후,
그만큼 궁해진 자리를 시제의 혼용으로 상쇄해 나간다는 측
면에서, 일종의 전략으로 보아도 무방할 것이다. 괄호 안의
말들은 "김충권 씨네 민박집" 주위의 스산한 정경을 묘사하는
괄호 밖의 구절들을 일견 보조하는 역할을 수행하면서도, 화
자가 지금—여기에서 독백이라도 하고 있는 듯한 착각을 빚어
내면서, 독립적이고도 독특한 이야기 하나를 시에 들어차게
조장한다. 이렇게 되면, 과거와 현재의 구분은 이미 물 건너
간, 그러니까, 통념이 빚어낸, 시에서는 상투적인 시간으로

고착될 뿐이며, 이러한 통념을 확인해 내는 바로 그만큼, 시간은 시가 열어 놓은 내재적 공간에서 고유한 시적 사실성을 구축해 내는 것이다. 「청평유원지」의 전문이다.

번개가 치자 빗줄기가 잠시 드러났다 사라진다
빠른 속도로 귀가 커지고
천둥소리 기다린다

(이쯤 쓸 때, 웅이가 죽었다는 전화가 왔지)

산 중턱에 흉가처럼 몰락한 유스호스텔이 있다
사내들이 현관으로 몰려가 담배를 태운다
번개가 한 번 더 쳐 줄까
밤하늘을 올려다본다 비는 가로등 아래서만 내리고

(기차를 타고 장례식장에 간다네)

아람단이었던 소년들이
담배를 비벼 끄며 모텔이나 찜질방에 가자고 일어선다

화요일의 죽음이 일요일의 죽음보다 더
멋지다고 생각해 본 적은 없지만
누군가는 화요일에 죽고
수요일에도 금요일에도
몇백 년 동안 늙어 가는 은행나무가 있다

(이곳에선 울음과 웃음이 어쩔 줄 모르고 섞여 있지)

극기 훈련을 마친 소년들이 우르르 단잠에 빠질 때
빗속에서 타오르는 은행나무를 상상하느라
밤새 늙어 버린 사내가 있다

(새롭게 단장한 청평 역사에는
 사라지는 얼굴을 기념하는 흑백사진이 걸려 있다네)

청평유원지에 놀러 왔다. 비가 내린다. 나는 이 광경을 한
창 시에 적고 있는 중이다. (전화 한 통이 걸려 온다.) 유스호
스텔에서 담배 피우는 사내들을 쳐다본다. 장례식장에 도착
하여 어린 시절 함께 보냈던 친구들을 만난다. (장례식장은
희비가 교차하는 곳이다.) 우리를 걱정하는(하셨던) 아버지(어
른)의 모습이 떠오른다. (청평 역사에서 나는 흑백사진을 본
다.) 이야기는 이렇게 괄호와 괄호 외부로 간단히 나뉜다. 그
러나 문제는 마지막 괄호 대목에 이르러 화자가 언제-어디
에 위치하고 있는가를 살펴보고자 할 때 발생한다. 아니, 그
것을 되묻는 순간, "이곳"이 혹시 "장례식장"만이 아니라 괄
호의 시간대에 존재하는 "청평 역사"의 내부일 수도 있다는
곳으로 생각이 뻗치고, 한 걸음 나아가 시 전반의 얼개를 다
시 한번 찬찬히 뜯어보면, 두 개의 서사가 쉴 새 없이 교섭하
면서 현재-과거-미래라는, 저 선적 전개의 통념(예컨대, 나는
밥을 먹었고, 지금은 가방을 싸고 있다. 곧 도서관엘 갈 것이다, 따위)을
일시에 무너뜨리는 지점에 우리가 어느덧 당도해 있다는 사

실을 알게 된다. 놓치지 말아야 할 것은, 시제의 혼란이 결국에는 죽음의 혼란, 정확히 말해, 편재하는 죽음과 긴밀하게 연관된다는 사실이다. 서로 대칭적이랄 수 있는 "새롭게 단장한"과 "사라지는 얼굴", 이 둘이 "청평 역사"라는 동일한 공간에 위치할 때, 시 전반에서 알레고리로 기능하는 죽음은 현재-과거-대과거를 한곳-한순간(순간의 "역사"가 아닐까?)에 수직으로 내리꽂히는, 매우 짧은 시간에 감행된, 일종의 '각성'으로 되살아난다. 따라서 "화요일의 죽음"과 "일요일의 죽음", "화요일에 죽"는 "누군가"와 "수요일에도 금요일에도" 찾아오는 죽음을 하나의 장소-시간에 정지시키는 일을 시에서 견인해 낸 것은 결국 괄호의 수사라고 해야 하지 않을까. 여행기-회상기-일상기는 어떻게 또 현실과의 접점을 만들어 내는가?

2. 추체험에서 벗어난 눌변의 행렬들

남궁선이 운용하는 언어는 관념으로부터 당도한 사색을 이끌어 내는 대신, 경험으로부터 길어 올린 낱말들을, 어눌함(짐짓 꾸미지 않는다는 의미에서)으로 감싸 안은, 아니, 어쩌면 그렇게 그저 이어 쓴 결과를 펼쳐 보일 뿐이다. 남궁선은 말을 잔뜩 부풀려 한껏 풍성해진 광경을 우리 앞에 풀어놓는 것이 아니라, 이와 반대라고 해야 할 방식, 예컨대 "풍경의 말들"(「김경순 씨 쓰레기 수거해 가세요」)을 채집하는 데 집중하고 있다고 해야 한다. 시인은 이렇게 상상력에 근거한 추체험의 어휘들로 형이상학의 고고한 세계 안으로 진입하는 것이 아니라, 범속하고, 단순하고, 평범한 말들로 이루어진 삶의 덩어리를 손에 쥐고서 시를 쓴다. 그러니까, 이 시인은, 잘 모르는 말(이것을 시인 자신이 직접 겪어 내지 않은 말이라고 하면, 좀 이상할 수도 있겠다), 과도한 비약과 난해한 비유가 조용히 꼬리를 감춘, 그래서 오히려 싱싱하다고 해야 할 말, 싱싱하기에 오히려 남루한 말, 지천에 널린 그런 말로 시를 쓰는 것이다. "조용한 말들이 골목을 타고 돌아다니는 여름/ 텅 빈 대낮을 견디는 독법(讀法)"(「김경순 씨 쓰레기 수거해 가세요」)은 이렇게 "승마 지은 시인이 누구지"라고 묻고 또 "승마나 승무나 그게 그거지"라고 제 우문에 천연덕스레 변명을 늘어놓는 '무식한' 여관집 딸의 입을 통해 풀려 나오는, "가격 미정의 값들"과도 닮아 있다고 할 삶의 일상적인 풍경들을 대상으로 삼거나(「온양온천역 원편 호박다방」), "꼬리만 보이는 남자와 한여름에도 창문을 걸어 잠그는 여자의 사랑"(「김경순 씨 쓰레기 수거해 가세요」)처럼, 범박한 일상사 주위에서 진행되기도 한다. 맞선을 보기로 한 날, "화장을 고치고 진주 목걸이를 쓰다듬었"던 공교로운 자신의 처지가 더러 우습기도 해, 만나기로 약속한 상대방을 '돈키호테'에 비유해 맘껏 떠올려 본 다음, 약속 날짜를 착각하여("선을 보기로 한 날은 토요일이 아니라 일요일") 저 혼자 해프닝으로 끝맺게 된, 창피하다면 창피하다고 할 이야기에서 슬그머니 "페로몬이 흘러나오도록 장치하는 일"에 종사한다고 제 자신을 과장되게 표현하기도 한다(「둘시네아 델 토보소 아씨의 이상형」). '–거라'

는 식의 종결어미를 채택해 상황 전반이 아이러니를 뒤집어 쓴 채 전개된 이 이야기가 사실에 근거한 기록인 것과 마찬가지로 「피아노 연습곡 하농」도 고등학생일 때(혹은 중학생일 때, 이미!), "잠원역 화장실 변기에 점심 도시락을 쏟아붓고"서 학교를 농땡이를 친 이야기를 그대로 적어 놓은 것이다. "담장이 피로 물드는 맑은 오후" 그러니까, 귀가 시간에 맞추어 "콩자반을 꼭꼭 눌러 하트를 심어" 주신, "메트로놈" 같은 엄마, "하얀 건반"에서 흘러나온 아름다운 선율이 내 삶을 가득 채우기를 바라는 당신이 있는 집으로 되돌아가야만 하는 처지이니, 내가 보낸 "검은 건반" 같은 하루가 얼마나 시인에게는 버거웠을까. "당신이 돌아오는 밤마다 침대에 고이는 하얀 피"(「가위」) 역시, 그저 가위에 눌린 모습을 적어 낸 사실의 기록일 뿐이다. 이처럼 시집을 물들이고 있는 거개의 경험들이 실제 사실의 기록이자 직접적인 체험을 담고 있다고 할 때, 추체험을 배제하는 시인의 몸짓은 어떻게 시의 독법을 결정하는가? 「소녀 특별전─구미역 2층 역전 다방」의 전문이다.

　잠들지 말아야 해 내 앞에 놓인 따뜻하고 달콤한 레몬차를 마시지 말아야 해 아저씨를 기다려야 해 아저씨 까무룩 잠이 들 것 같아요 무서운 레몬차 두려운 아저씨 파출소에서 나를 찾아가는 삼촌보다 더 다정한 아저씨 비닐봉지 뒤집어쓰고 할로윈 놀이 같은 건 하지 않았어요 열대어들이 여러 빛깔의 츄파춥스 무늬처럼 몰려다녀요 아저씨는 이 밤에 어디로 간 걸까요 공중전화 부스에서 나를 주운 아저씨 콜렉트 콜

콜렉트 콜 콜렉트 콜 훌쩍이는 나를, 아저씨에게만 살짝 내 단단한 결의를 보여 주기로 해요 내 심장이 기차 타는 겨울 을 검정을 몹시 사랑해서 떠돌아다니는 눈송이를 나는야 검 은 눈을 헤치며 기차 타고 구미역 2층 역전 다방까지 나를 쳐 다보는 언니들 어쩜 언니들의 화장법은 나를 감동시키지 못 하고 알록달록 어두워져 갔을까요 에이스크래커 귀퉁이를 뭉 개고 있는 언니의 빨강 손톱 언니를 빨강으로 정의하는 것은 몹쓸 짓이지만, 나의 손바닥도 두근두근 슬퍼져서 땀이 흘러 요 아저씨 레몬차의 새콤한 맛을 볼 수 있도록 아저씨

  나의 오랜 아저씨 나는 지금 가정음악 양식 같은 기다림을 배우고 있답니다 푸릇푸릇 겨울이 사라지고 있는 것처럼 레 몬을 상상해도 침이 고이지 않는 것처럼

오롯이 실제의 경험담이라고 가정해 보자. 이 작품은 필경 어떤 위기의 순간—여기서 위기라 함은, 시인이 구미 근방을 가게 되었을 때 당한, 일종의 봉변에서 비롯된 것일 텐데, 이 해가 어려우면, (1980년대 후반에서 1990년대 초반으로 추정 되는) 저 시골 역전 다방의 음산한 분위기와 위험성을 한번 떠올려 보시라—에서 구세주처럼 만나게 된 행운의 "아저씨" 에 대한 오마주일 확률이 농후하다. 이 기억은 물론 그 자체 로 신산스러운 것이다. 딱히 갈 곳 없어 다방에 들어선 나에 게 내온 "레몬차" 안에 혹시 수면제라도 들어 있을까 노심초 사하며 "잠들지 말아야 해"라고 자신을 다그쳐야 했던 절체 절명의 순간이 이제 좀 느껴지는가? 당시의 악몽 같은 경험

을 사실적으로 그리고 있다면, 바로 이 경험의 사실성이야말로 기실 남궁선 시의 모든 구절을 지탱하는 단 하나의 문법일지도 모른다. 그러니까, 본드를 흡입하지 않았다는 고백("비닐봉지 뒤집어쓰고 할로윈 놀이 같은 건 하지 않았어요")이나 싸구려 삼류 다방의 여종업원에 대한 사실적 묘사("에이스크래커 귀퉁이를 뭉개고 있는 언니의 빨강 손톱")는 그저 전조에 불과한 것이다. "내 심장이 기차 타는 겨울을 검정을 몹시 사랑해서 떠돌아다니는 눈송이를 나는야 검은 눈을 헤치며 기차 타고 구미역 2층 역전 다방까지"라는 구절이 터럭만큼의 상상력도 가미되지 않은 담대한 기술에 근거한 것이라고 가정한다면, 우리는 이 대목을 대체 어떻게 읽을 수 있을 것인가? 아슬아슬한 경험, 다시 말해, 가출한 나 → 기차 타고 당도한 구미역 → 역전 이 층에 자리 잡은 싸구려 다방에 있는 나의 불안한 처지를, 기차의 속도나 흩날리는 눈의 움직임에 맞추어 본 리듬, 아니 가출 당시의 흥취(?)를 살려 급박하게 적어 놓은 것은 아닌가. "언니를 빨강으로 정의하는 것은 몹쓸 짓이지만, 나의 손바닥도 두근두근 슬퍼져서 땀이 흘러요"도 따라서 다방에서 일하며 매춘에도 종사하는 여인에 대한 연민(연민이라기보다, 위험에 처했음에도 그들의 처지에 함부로 선악의 잣대를 들이대지는 않겠다는, 일종의 천진한 고집이라고 봐야 할)이며, 그러나 그 연민이 나에게 공포를 걸어 가지는 않았기에, 온몸에서 식은땀이 흐를 정도로 압박해 오는 불안을 보다 도드라져 보이게끔, 상황 전반을 역설적으로 배치해 놓고, 이에 부합하게끔, 앙증맞은 표현을 동원해 적어 본 것이리라. 시의 모든 대목들이 이렇게 조금의 비약도 없이, 경험의 사실성을 바탕으로 기술된 것이라고 할 때, 중요한 것은 이와 같은 끔찍한 경험을 통과한 후, 비추어지는 지금의 내 모습이다. 따라서 "나의 오랜 아저씨"는 『나의 라임 오렌지 나무』에 등장하는 뽀르뚜가 아저씨, 그러니까 이제는 볼 수 없는 과거 속의 고마운 사람에 대한 비유일 것이며, 지금의 나는 이 끔찍한 경험 이후, 자칫 내가 처할 수도 있었을 그 어두컴컴한 세계와는 완전히 대비되는, 그래서 자신의 신세를 조롱하고 있는 어투라고 보아도 될, "가정음악 양식 같은" 삶을 살고 있으며, 그럼에도, 나는 그 끔찍한 기억에서 아직도 벗어나지 못한다. "레몬차"는 이렇게 가출 이야기를 대변하는 신맛과 그러나 지금에서도 그 신맛을 느끼지 못할 정도로, 즉 침샘을 막아 버릴 만큼 당시의 공포가 지속되는 현재, 이렇게 두 세계를 연결하는 알레고리인 것이다. 주목해야 할 것은 이와 같은 일상의 (고통스러운) 경험과 경험의 독특한 세계의 구현이 언어의 운용에 달려 있다는 점이다. 흔하디흔한 동네 목욕탕에 들어설 때의 어색함을 말하고 있는 「흑석동 현대목욕탕」의 도입 부분이다.

> 머리에 분홍 밴드를 두르고 수건으로 알몸
> 을, 가리고 목욕탕에 들어
> 섭니다 미지근한 물에 몸을
> 적십니다 비누
> 거품을 냅니다 머리를 감을 때는
> 분홍, 밴드를 벗어 놓아요

열탕에 몸을 담그는 순간

푸드덕 솜털

마다, 그녀들이 깃듭니다 뜨거운 것과 차가운

것이, 만나 내가 아닌

낯선, 숨결이 나를 쥐고 흔듭니다 여자들은 물을

튀기면서 색조 문신을

이야기하면서 달걀 껍질을

벗기면서 목욕을 합니다

  작품을 꿰뚫고 있는 강렬한 주제 의식과 형식적 실험 사이
에는 항상 내적 연관성이 존재해야 한다. 시에서 형식은 기
계로 찍어 낸 주물과 같을 수는 없는 것이며, 행과 행, 문장
과 문장, 연과 연 사이사이에 결핍과도 같은 지점을 만들어
내고, 예기치 못한 공간과 예측하기 어려운 감정을 실현해야
하는 일종의 의무마저 짊어지고 있기 때문이다. 형식적 실험
은 따라서 주제와 따로 노는 미적 장식품이 아니라, 시의 구
조 전반을 지탱하는 대들보와도 같은 것이어야 한다. 이 작
품에서 "을,"은 목적격 조사이자, 갑이나 을이라고 흔히 말할
때의 바로 그 을乙도 표현하고 있으며, "적십니다 비누" 같은
배치 역시, 하나의 단위로서의 시구의 단일한 의미망을 교란
하고 있지만, 사실 이 교란의 과정에는 '몸을 적신다'의 어색
함을 행갈이로 표현하고자 했다거나, 알몸으로 붙어 앉아 큰
동작으로 비누 거품을 내는 행위가 빚어내는 실로 겸연쩍으
면서도 사실적인 감정을 직접 표현해 내는 효과도 가미되고

있다고 생각하지 않을 수 없다. 「모래 눈물」 역시 시가 담아
보고자 하는 남녀 간의 어색한 관계나 불안한 상태를 우선,
형식의 차원에서 포착하고자 한 시도를 내비친다.

> 드림랜드 영화관에 가려면 용산
> 역에서 내리세요 용산 전자상가를 또박
> 또박 거쳐서
> 당신은
> 보라색
> 하이힐 오전
> 의, 전자상가에 모인 사람
> 들은, 그 무엇에도 집중하지
> 않고, 길을 물으면 모두 힐끔, 친절
> 하고, 불편합니다 보라색 하이힐
> 이란 것, 눈에 띄게 높고 건조한 영화
> 예매는 필요 없어요 차라리 눈물
> 이나 넣어
> 두세요 그래도 예매를 했다는
> 것, 당신답네요 이제 도착
> 했군요, 전자랜드 5층 드림
> 랜드 롯데리아가 폐업했다고 실망
> 하지는 않겠지요 점점이 놓여 있는 빨간
> 의자 하이힐 밖으로 삐져
> 나온 발톱, 닮았네요 당신은
>
> ──「모래 눈물」 부분

불편한 감정이 느껴진다. 무엇이? 읽는 그 호흡이 불편하고, 가지런한 품사 하나가 둘로 분리되거나, 긴밀하게 통사적으로 연결되어야 하며 논리적으로 제 기능을 수행해야 하는 지점에 대거 쉼표를 붙여 놓아("의," "않고," "하고," "이란 것," "것,") 일관된 독서가 방해받기 때문이다. 그러나 바로 이렇게 해서, 남녀의 저 불편하고도 어색한 입장, 이 둘의 한없이 흔들리는 시선, 미끄러지며 어긋나는 관계, 그래서 지속적으로 서걱거리는 느낌으로 다가오는 장소의 이질감마저 시인이 표현하고자 했다는 데 주목해야 한다. 함께 영화를 보아도, 아니, 달콤하거나 고소해야 할 팝콘조차 이러한 상태에서는 그저 "까끌/ 까끌"할 뿐이며, 좀처럼 하나로 이어진 연결점을 찾지 못한 채, 어긋나는 '나와 당신'을 묘사한 시의 결구는 오히려 이렇게 탄력을 받아 사실성을 확보해 내는 것이다.

> 의자 하이힐 밖으로 삐져
> 나온 발톱, 닮았네요 당신은
> 창가의 자리를 좋아하는데 유리
> 벽, 너머 조용한 그곳 윙윙거리는 먼지
> 만, 보고 있겠군요 팝콘의 까끌
> 까끌한 표면에 혀를
> 굴,
> 리,
> 면,
> 서
>
> ─「모래 눈물」 부분

「소녀 특별전—나쁜 소원을 "쓴다"」도 매한가지이다. 이 작품에서 압권은 동사 원형("쓴다"-"살았다"-"있었다"-"불안하다"-"바치다"-"비치다"-"들추다"-"깎다"-"있다"-"흐르다"-"그만두다")에 가까운 뉘앙스를 살려 두고자 한 저 시도에 있다. 명백히 과거에서 일어난 "나쁜" 기억을 누군가에게 '간접적으로' 들려주는 식의 저 동화식 서사를 차용해 기록한 것은 바로 이 기억에서 벗어나고 싶은, 아니 기억하고 싶지 않은 심정 자체를 언어의 특수한 운용에 기대어 활용하고자 했기 때문이다. 예컨대 다음과 같은 구절을 살펴보자.

> 밤마다 사그락사그락
> 연필깎이 돌아가던 소리 잊고 싶어
> 사우디아라비아 대사관이 있던 동네에 "살았다"는
> 좁은 골목 안 기와집 모두
> 꽃나무 한 그루를 갖고 "있었다"는 것도
> 백열등이 바람에 흔들려서 "불안하다"
> 창호에 손가락이 바르르 떨리는 것도 다 "비치다"
> 나는 감은 눈에 주름이 지도록 한 번 더 감았어
> 사내는 치마를 "들추다" 내가 몸을 비틀면
> 연필을 "깎다"
>
> —「소녀 특별전—나쁜 소원을 "쓴다"」 부분

마치 그것의 원형이라도 되는 듯 표기해 놓은 동사 주위의 큰따옴표는, 과거를 회상하는 과정 자체에서 현재의 사실성도 확보해 낼 수 있도록 물꼬를 터 준다는 데서 제 중요성을 부여받는다. 현재진행형처럼 기능하는 것과도 같은 착각을 야기하는, 이 강조된 동사들은, 시 전반을 회상하는 '지금-여기'에서의 내 행위를, 투명지 두 장을 포개어 과거의 풍경 위로 현재를 겹쳐 낸, 알레고리의 산물로 읽게끔 도와준다. 남궁선의 시는 이렇게, 어슴푸레한 과거, 어둡고 희미한 과거, 잊고 싶은 과거를 현재에다가 팩트처럼 되살려 내는 방식의 고안에 인색하지 않은 것이다. 이때 과거는 고정되고 경직된 흑백사진처럼, 정지된 시간에 붙들려 있는 것이 아니라, 현재에도 강력한 영향력을 행사하는, 지금도 진행 중인 사건으로 거듭나게 된다. 현재에도 진행 중인 이 과거의 사건은, 물론 거개가 불행한 경험, 불우한 체험, 외로운 기억들로 가득 차 있다. 「마론의 가을」에서 목격되는 액자형 서술이나 「백설기의 기원」에서 차용해 온 과거의 현재적 기술도 마찬가지이다. 과거-현재가 하나 되는 시적 사실성을 확보하기 위해, 아니 현실에서 과거를 들여다보는 행위 자체를 보다 생생하게 표현해 내기 위해 시인이 고안해 낸 알레고리적 장치로 볼 수밖에 없는 것이다. 남궁선의 시는 우리가 앞서 여행기라고 한데 묶어 보았던 작품에서조차, 사실적 기록들로 뒤발되어 있으며, 이러한 관점의 차용이 독서의 향방을 결정한다는 점을 덧붙여야 하겠다. 또한 여기에 비판의 목소리가 배제되어 있는 것은 아니다. 「스테인드글라스」의 전문이다.

여행자의 일요 미사, 성당의 보랏빛 지붕 위로 해가 지고 있습니다 밀떡을 먹으러 신부님께 다가갑니다 길게 늘어선 사람들이 뱀의 혓바닥을 내밀고 사라집니다 조그만 밀떡은 어떤 맛일까요 상처와기적의신부님 구원과은총의신부님 신부님에게 어울리는 이름이죠 입을 벌렸습니다 신부님이 양미간을 찌푸립니다 너의 혓바닥은 너무 짧아 이곳에선 아무도 너를 모르지 너를 모른다는 것만이 네 존재의 표식 얼굴이 활활 타오릅니다 비쩍 마른 자칼이 죽은 것들의 몸을 헤집을 때 완전하게 침묵할 줄 아는 자칼의 눈과 발톱과 이빨의 탐욕을 알고 있습니까 새로운 굶주림이 너에게 찾아왔으니 너는 속된 것을 내어놓고 불멸을 약속받으리라 오른손 중지는 왜 자꾸 오른쪽으로 휠까요 햇빛 아래 이글거리며 증발하는 초록빛, 청개구리를 한입에 꿀꺽 삼킨다면 너는 세상에서 가장 아름다운 노래를 부를 거야 불신은 혓바닥의 진화를 가져왔습니다 벼락과 말씀과 보복으로 가득 찬 신부님의 두터운 성대 아직도 비가 오는 날이면 청개구리를 물끄러미 바라보는 습관은 전설입니까 하나의 문장을 만 번씩 쓴다면 그 문장이 옷을 입고 사람처럼 걸어 다닌다는 것을 인디언들은 아직도 믿습니까 밀떡은 하얗고 꽃은 아름답습니다 희망의 계획서가 사라진 검은 수첩만이 용감해져 갔습니다

구절구절을 사실적인 기록으로 읽어야 하는 것은 일견의 전제가 아니라 오히려 당연한 것으로까지 보인다. "희망의 계획서가 사라진 검은 수첩만이 용감해져 갔"다는 것은, 이렇게 시인이 여행에서도 무언가를 기대하지 않는다는 것이며 "불

신은 혓바닥의 진화"를 가져왔다는 것은, "속된 것을 내어놓고 불멸을 약속"하는 신부가 늘어놓는 저 말에 대한 비판인 동시에 그것을 조롱하고자 하는, 개인적이고 소극적인 저항의 표현이기도 하다. 이렇게 "너는 세상에서 가장 아름다운 노래를 부를 거야"에 이르러 우리는 기실 "너는"이 신부가 제 설교의 대상으로 삼은 '나'이기도 하지만, "신부님" 자신이기도 하다는 사실을 알게 되며, 바로 이때부터 시는 조용히 자기만의 문법, 자기만의 사실성을 걸머쥘 채비를 꾸리기 시작한다. 조장하는 죄의식과 헛된 믿음(믿음의 헛됨)에 대한 비판의 날은 정확히 그 말투에서만큼만 강렬함을 완성할 뿐인 것이다. "상처와기적의신부님"과 "구원과은총의신부님"은 따라서 적혀 있는 그대로, 그러니까 빠르게, 붙여 읽을 필요가 있다. "벼락과 말씀과 보복으로 가득 찬", 그러나 만고의 진리를 품고 있노라 주장하는 저 신부에게 어울리는 말은 남궁선이 생각하기에 이렇게 빠른 말, 빨리 지나가는 말, 이것저것 붙여 놓은 말, 쉬지 않고 지껄이는 말이며, 그러나 신부는 "밀떡은 하얗고 꽃은 아름답"다는 사실조차 알지 못한다. 남궁선은 예언과도 같은 허구의 말들을 우리가 신봉하는 것은 "상처받았다고 믿는 습관"(「협탁이 있는 트윈 베드룸」) 때문이라고 생각하고 있는 듯하다. 따라서 신앙과 종교에서 시인은 구원을 찾지 못하는데, 그것은 그 말들이 우선 사실적이지 않으며, 결국 내 현실을 직시하지 못하는 말들, 그러니까 경험에서 벗어난 추체험의 언어이기 때문이다. "영문판 불경과 성경"이 "협탁"에 놓여 있지만, 그걸 펼쳐 보는 대신, 시인이

'쓸쓸함'만을 매만지는 이유도 바로 여기에 있다(「협탁이 있는 트윈 베드룸」). 시인은 "누구에게나 맛있지도 않고 누구에게도 맛없지도 않은 기내식 같은 표정"(「춤추는 이별」)으로 세상을 보고, 회상하고, 경험을 서술할 뿐이지만, 분명 그는 사실주의자의 반열에 속해 있는 것이다.

> 빛깔이 다른 눈동자를 함께 지니는 것만큼
> 두 개의 눈빛을 바라보는 것 또한 어려운 일
> 편견을 나누는 사랑의 고백처럼
>
> 절벽이란
> 질주하기 위해 존재하는 것은 아니지
> 꽃을 피우기 위해 존재하는 것도 아니지
>
> 회갈색 혹은 푸른색을 선택하는 것은 쓸쓸한 관념
>   —「오드 아이」 부분

절망/희망의 이분법이 무너질 정도로 타국에서 고즈넉함이나 쓸쓸함을 느껴 보았던가? 자살마저도 생각할 수 없는 어떤 상태를, 여행지에서 만난 "당신"을 통해, 그곳의 "아무도 투신하지 않는 지루한 절벽"(「오드 아이」)에서, 시인은 다시 확인할 뿐이다. 그렇다면 이 세상은 아니, "이곳은 헛바늘이 도는 건기"(「타오르는 무덤」)일 뿐이란 말인가. 여기서 우리가 목격하게 되는 것은 남궁선의 시에서 상상력이 제거되는 이유, 그 자리를 대신해서 들어선, 저 눌변으로 엮어 낸 실체험들

과 타자와의 만남이다. 가령, 아래와 같은 부분 역시 사실의
기록이라고 보아야 할 것이다.

> 그는 짝눈을 고치려고 일 년 동안
> 잘 보이는 눈을 가리고 장님처럼 살았다
> 삼각플라스크 비커 메스실린더에
> 알 수 없는 원소를 섞으며 놀고 있을 때
>
> 그곳은 눈동자가 희어지는 건기
>
> 그의 오른쪽 눈을 덮은 교정 안대는 떨어져 나갔다
> 복숭아에 박혀 꿈틀대는 애벌레를 꿀꺽 삼키던 날들이었다
> 염산과 수소와 헬륨을 섞었을까
> 어두운 방 안에서 불길이 솟았을 때
> —「타오르는 무덤」 부분

가족에 관한 경험이건, 지인의 이야기이건, 이 말은 모두
사실을 기록해 놓은 것이다. 남궁선은 무언가를 불러내고,
헤아려 회상하고, 잠시 걸음을 멈출 수 있는 그런 고통의 흔
적을 가지고 시를 쓴다. 여행기는 이렇게 나의 경험을 타자
와 겹쳐 놓아 현재화를 도모하는 특수한 공간으로 재구축되
며, 과거의 내 경험은 여행의 공간을 가득 메우면서 사실이
라는 현실성의 외투를 입고 다가오는 저 타자를 내 시에 소급
해 내는 중요한 계기인 것이다.

3. '시인-[ ] 되기': 실패담이 남긴 것

남궁선은 제 첫 시집에서 아귀가 잘 맞는 뼈대들로 지어 올린 건축물의 형상을 보여 주었다. 크게는 각 부의 나눔에서, 작게는 각 작품의 배치와 과거-현재의 구분을 무화하는 서사의 운용에서, 심지어, 시집 전반의 방향성을 암시해 놓은 「이 모든 것은 여기」를 첫머리에 배치한 것조차 어떤 기획의 소산이다. 그러나 이것으로 모든 것을 살펴보았다고 생각하면 오산이다. 이 시집 전반을 통틀어, 천착한 주제와 가장 잘 맞아떨어지는 언어의 특수한 조작을 여실히 드러내는 작품들은 오히려 행갈이에 치중하거나 괄호를 사용한 작품에만 국한되는 것은 아니기 때문이다. 가족사를 다루고 있는 「오수」의 전문을 읽어 보자.

> 나는 옛집 돌담에 기대앉아 있지
> 내 뺨에 머릴 기댄 나팔꽃도
> 꽃잎을 오므린 채
> 잠을 청하는데
> 귀를 닫고 쏟아지는 여름잠을 자야지
>
> 내가 태어나자 아버지는 밤마다 마니산에 올라 횃불을 밝혔다고 한다 이름 없던 날들의 평화 아버지 그녀가 원하던 뻐꾸기시계를 바치고 외자로 내 이름을 받아 오던 새벽녘 횃불을 죽이고 머리맡에서 홀로 인사를 나누었으리라 참성단은

폐쇄되었다 아무렴 전국체전 때에나 불을 밝히지 아버지 어
디선가 뻐꾸기처럼 내 이름을 부르고 있을까 아무렴 아무렴
아버지의 봉화는 언제 불을 다시 밝힐까 평화로운 날들을 기
억하던 이웃도 사라진 지 오래 정시마다 뻐꾸기시계가 운다
내 이름이 울면 아버지가 돌아오신다고 했다

바람이 녹색의 길을 덮어 버리고
뺨을 타고 올라 귓불을 감싸는 나팔꽃
옛집은 어두워져 가는데

서늘해진 이마의 땀을 닦고
쏟아지는 저녁 햇살에 눈꺼풀을 올려야지
툇돌에 놓인 구두를 닦아야지

"옛집 돌담에 기대앉아 있지"는 지금-여기에서 과거를
'생각하다-회상하다'와 동의어이다. 곧이어, 꿈인지 과거에
대한 회상인지 모호한 상태에서("잠을 청하는데"라고 해 놓았으므
로), "옛집 돌담"의 이야기가 제시되기 시작한다. 과거의 회
상에 해당된다고 할, 산문 형태의 제2연은, 시인이 태어났
을 무렵, 특히 이름을 부여받는 과정에 얽혀 있는 아버지와
의 에피소드를 이야기한다. "이름 없던 날들의 평화"는 따라
서 제 이름을 부여받지 못했던 시절이 오히려 행복했다는 것
이며, 우여곡절 끝에 아버지가 무당에게 내 이름을 청해 얻
어 낸 이후, 공교롭게도 가계가 몰락하기 시작한다. 체념 섞

인 나의 희망을 담은 전언("아버지의 봉화는 언제 불을 다시 밝힐까")
은 물론 과거의 어느 시점에서 뱉어 낸 말이다. 시제의 층위
를 따져 보면, 제1연은 현재를, 제2연은 과거-대과거를, 제3
연은 과거-현재를, 제4연은 과거-현재를 오가는 식으로 구
성되어 있다. 여기까지는 특이하다고 여길 만한 것이 도출되
지 않는다. 이와 같은 현재-과거-대과거 시제의 혼용이, 이
야기를 보다 복잡하게 만들면서도, 혼돈만을 야기하는 것이
아니라, 과거 아버지의 상태가 현재에서도 지속된다는, 다
시 말해, '몰락한 가계'나 '위험한 가장'의 현재적 지속성을 견
인해 내고 있다는 점에 주목해 보자. 왜냐하면, 마지막 연에
이르러, 잠에서 깨어나(혹은 앉아 있던 자리에서 일어나) 시인이 회
상을 멈추고 현실로 되돌아올 때, 이 시인의 두 손에는 아무
것도 들려 있지 않은 것이 아니기 때문이다. 시인은 과거에
서 현재로 지속된, 바로 이 아버지를 내내 붙잡고서 시를 쓰
고 있었던 것이니까. 시련으로 흔들리는 가족 공동체의 위기
속("바람이 녹색의 길을 덮어 버리고"는 집으로 향하는 시인 앞에 펼쳐진 광
경도 담아내고 있다는 점에서, 시인의 뛰어난 감각을 보여 준다)의 아버
지는 그러니까 과거에 홀로 내팽개쳐진 존재가 더 이상 아니
다. 과거를 열어, 기억을 반추해 내며 현재로 그 기억을 끌
고 와 현재화에 성공한 바로 그만큼, 시인이 그 과정에서 찾
아 나선(다시 말해, 시가 천착한) 대상이 바로 아버지, 아버지의
(를 통한) 경험이 되기 때문이다. 과거와 현재를 뒤적거리면
서 애써 가닿고자 한 아버지, 그토록 찾아내고자 한 그 아버
지는 그렇다면 발견되었는가? 몰락한 아버지의 처지가 바뀌

는 것도, 궁핍한 가계가 살아나는 것도, 아니, 세상이 단숨에 아름다워지는 것도 아니다. 단지 시인에게서, 시인이 만들어 놓은 시의 내적 세계 속에서 아버지는 거듭날 뿐이다. 아버지의 고통 속으로 시인이 삼투되었을 때, 시인은 아버지와 더불어 성장하고, 이름을 부여받기 전의 젖먹이에서 가계의 고통을 나누어 갖는 존재가 되는 것이며, 공분公憤을 벗어나 아버지의 분노를 연민과 사랑으로 치환해 낼, 당당한 한 명의 성인의 얼굴을 하고서, 여전히 가난한 현실로 되돌아온다는데, 가족 이야기의 중요성이 있다. 이 작품은 결국 찾지 못하는 아버지를 말하는, 그것을 찾아 나서는 실패담의 전형을 보여 주지만, 아버지를 찾아 나선 시인이 아버지와 같은 마음, 아버지의 고통을 끌어안는 과정을 보여 준다는 점에서, 상처로 얼룩진 가계, 아버지의 고통으로 점철된 가족사의 사실성을 향해 내딛은 진진한 일보에 해당한다고 볼 수 있다. 이렇게 남궁선의 시에서 가족사에 관한 거개의 기록은 '시인-[] 되기'의 과정이며, 그 과정의 사실성은 생생한 경험이 뒷받침하고 있는 것이다.

고궁박물관에 갔던 날은 섭씨 영하 칠 도, 체감온도 소녀
가 사라진 그해 겨울 그 집 웃풍이 고궁박물관 수장대의 깃
발처럼 펄럭이던 살림이 동강동강 나던 소녀의 십구 세 십구
세기의 媽媽는 검소가 미덕이시라 고궁박물관에 그 뜻만 남
기고 섭씨 영하 칠 도를 꿀꺽 삼킨 지하 로비에서 나는 거품
나는 카푸치노 그리운 소녀의 추억을 마신다 전시관에 걸려

있는 유품 사이로 소녀의 아버지와 어머니의 초상이 겹쳐지
고 그들의 얼굴엔 소녀가 집 나갔을 적 지어 보인 절규가 우
린 절규를 오해하듯이 당신들의 초상을 오해하고 고궁박물
관을 오해하므로 십구 세 소녀의 집에 꽃이 피고 웃음이 흐
르길 소망했으리라 mama의 세월이 비탄의 나날은 아니었
듯 고궁박물관에서는 마마가 행차 가실 때 타고 다니던 '가마
특별전'을 여는데 가마 타고 떠난 마마는 소식이 없고 소녀는
여기까지 어떻게 왔을까 슬픔을 잃어버리기까지 몇 번의 특
별전을 치르며 당도했는지 마마는 흩어져 골목골목 유물로
떠돌고 소녀의 눈동자 속으로 검은 눈송이 파고들고 있었다
　　　　　　　　　　　　—「소녀 특별전—고궁박물관」 전문

추운 겨울, 어느 날, 고궁박물관에 갔더니 "가마 특별전"
이 열리고 있다. 가마는 옛 "마마"가 타고 다니던 것이다.
"마마"는 그런데, 나이가 지긋한 여성의 경칭이기도 하지만,
천연두를 앓게 만든다는 마신의 이름이기도 하다. 그래서
"媽媽"라고 적어 보았다. 그런데 마마는 "mama", 즉 발음상
엄마도 된다. 이야기는 예의 그 사실, 즉 시인이 가출했던(그
럴 것이라 추정되는!) 추운 겨울을 회상하는 것으로 시작한다. 이
렇게 남궁선의 시에서는 사실만이 오로지 또 다른 사실을 불
러올 뿐이다. 아니, 사실을 사실의 형태로, 즉, 사실적으로
불러낸다고 해야 한다. 그 사실이, 그 경험이 몹시도 아팠던
가? "절규"하는 엄마의 얼굴을 지금도 잊을 수 없다. 정신을
차려 보니, 역시나 나는 "가마 특별전"을 보고 있는 중이었

다. 그러나 과거의 저 아마득한 역사 속에 존재했을 "마마"들이 타고 다녔던 "가마"는 이제 별로 중요하지 않으며, 신비하지도 않다. "특별전"이라는 내 눈앞의 사실이, 내가 지나온 "몇 번의 특별전"과 나란히 병치되어 나타나는, 그와 같은 현재가 내게 주어질 뿐, 이제는 "媽媽"도, "마마"도, "mama"도 아닌, 이 모두를 머금은 "마마"는 실로 고화古畵 속에서만 존재할 뿐, 현실에서는 죽어 없어졌으니까. 오로지 내 마음속에서 되살아나는 "마마"는 그러니 결국 엄마였던 것일까? 죽음은 가마를 타고 어디론가 가 버렸지만, "소녀의 눈동자 속으로 검은 눈송이"처럼 파고드는 아픔으로 치환되어 현실의 언저리에서 되살아난다. 이때 시인은 다시 묻는다. "여기까지 어떻게 왔을까"라고. 남궁선의 시를 지배하는 사실성은 바로 이것이다. 이야기 전반이 시인 자신을 향하는 자기-지시적 구축물이 되는 순간이 바로 "가마 특별전"에서 불러낸 "마마"가 자기 자신이 되는 순간이기도 한 것이다. 부모-되기의 한 과정은, 감추어 놓은 성장의 서사("유품 사이로 소녀의 아버지와 어머니의 초상이 겹쳐지고")를 통해, 자신의 상태를 성찰하는 바로 그 순간, 지금-여기에서 예고되는 현재성("소녀는 여기까지 어떻게 왔을까")으로 승화되고 만다. "媽媽"-"마마"-"mama"는 이렇게 말장난이 아니라, '소녀 적의 나-과거'와 '특별전을 보고 있는 나-현재'의 상태와 적극 호응하면서, 중의성을 벗어 버리고 오롯이 내 안("눈동자 속으로")에서 하나로 수렴되기까지의 그 과정과 상태를 적어 내는 데 몰두한 결과일 뿐인 것이다. 따라서 말의 특이한 운용("나는 거품 나는 카푸치노 그리운 소녀의 추억")이 시 곳곳에서 주제와 호응하는 것은 그리 놀라운 일도 아니다.

4. 사라져 가는 것들을 위하여

시는 실패의 산실이지만, 실패하는 순간마다 그 산실에서는 무언가가 태어난다. 세상의 모든 살아 있는 것은, 죽음, 죽게 된 것들, 죽을 운명에 처한 것들, 죽어 가는 것들을 토대로 존재할 뿐이다. 시인은 어쩌면 이 둘 사이의 교감을 읽어내는 자가 될 수도 있다. 「결론으로 향하는 분홍」의 전문이다.

> 겨울 외투를 입은 사람들이
> 그녀를 둘러싸고 노래를 부른다
> 고요한 화음 속에서 드러나는
> 긴 머리카락 푸른
> 눈꺼풀 올려 바라보는
> 창밖의 구름
> 그녀의 구토는 분홍
> 간호사도 보호자도 치워 주지 않던 분홍
> 사람들이 멈추지 않고 쏟아 내는
> 얼룩 말 나무 바늘 같은
> 노래의 보호색 분홍
> 지붕이 하얗게 높아지는 집
> 계단에 눈이 쌓여 갈수록 연탄재

분홍, 고음이 삐걱거리며
합창곡 부드러운 계단을 따라
삼단논법의 결론 밖으로
그녀가 기다리는 것들에 대해서
곰곰이
뭉개지는 눈 어두워지는 아스팔트
그녀의 머릿결을 닮은
분홍의 결론 같은

　사실, 이 시는 상당히 취약해 보이기조차 한다. 작품 전반
을 지탱하는 문장들은 빈번히 생략되어 단단함과는 거리가
멀고, 행에서 행으로 옮겨 가는 그 호흡은 자주 끊어진다. 그
래서인지, '좋지 않은 시'로 읽힐 확률마저 농후하다. 그런데
나는 남궁선의 힘이 바로 이와 같은 눌변의 배치에 있다고 말
하려고 한다. 이렇게 생각해 보자. 문장이나 낱말 그 사이사
이에 무언가를 생략해 놓은 것("사람들이 멈추지 않고 쏟아 내는/ 얼
룩 말 나무 바늘 같은/ 노래의 보호색 분홍")은, "삼단논법의 결론 밖
으로" 밀려난 존재들, 그러니까 삶을 생략해야 하는 환자들
의 처지와 큰 말 없이도 조응하며, 성급하게 마무리된 것 같
은 결구("분홍의 결론 같은")는, 죽을 날을 미리 받아 놓은 환자
들의 운명을 반영하는 맥락 속에서 구동되고 있으며, 결국
"분홍색"은 소녀풍의 아름다움을 표상하는 색이 아니라, 붉
지도 못한, 그렇다고, 흰 것도 아닌, 어떤 운명("삐걱거리며"),
다시 말해, 살아 있다고 말할 수도 없으며, 그렇다고 죽었다

고 할 수도 없는, 중환자실 고유의 색깔로 거듭난다고 말이다. 이 색깔이 고유하다고 한다면, 그것은 물론 시인의 반짝이는 눈 속에 들어온 환자들의 색채로 평범한 토사물이 거듭나고 있기 때문일 것이다. 남궁선의 재능은 바로 여기에 있다. 문장의 어법을 기이하게 틀어 놓거나 무언가 어색해 보이는, 예컨대, 눌변으로 얼룩진 듯 보이는 작품들에서, 비틀린 부분은 영락없이 비틀린 주제 의식으로 강렬하게 관통되어 나타나고, 어색해 보이는 구절은 어색한 상황과 나란히 포개어져 있는 것이다. 행갈이에서 비롯된 삐걱거림이나, 종결어미나 주어의 중의적 사용을 조장하는 문장의 조립을 서툰 시도이거나 지나치게 작위적이라고 본다면, 남궁선의 시는 읽을 것이 빈궁한 상태에서 허덕이고 만다. 모든 경구는 내용을 주지하기에 앞서 일단 통사적으로 특이한 것이기 때문이다. 이 어색한 시가 한편으로 우리에게 놀람을 줄 수 있는 까닭은, 바로 언어의 구조, 즉 낱말의 조합과 배치로 인해 거칠면서도 공감할 만한 어떤 운명을 계시하는 데 성공적으로 합류하기 때문이다. 이와 같은 지점들을 마주하여 그간 우리는 지나치게 신비감이나 비유만을 언급하는 데 익숙해져 있었던 것은 아닐까. 남궁선의 시가 논리를 넘어서서 무언가를 우리에게 부여해 주고, 우리의 감정을 추동하는 데 성공한다면, 그것은 순전히 고유한 문장과 문법을 창출한 덕분이다.

붉은 글씨는 아무런 동요도 없이 밝네
혼자 들어갔던 응급실을 혼자서 나오네 밤사이 눈이

사생아처럼 내렸네 찰박찰박 젖은 눈 밟으며 가네
손등의 멍 자국, 혈관의 길이 부풀어 오르네

차가워진 손끝이 바라보는
가파른 골목 계단의 스테인리스 손잡이

바람이 구름의 부드러운 눈을 찌르고
검은 눈
검은 피가
맨홀 속으로 흘러가네

우리 동네 새마을금고 안에는 우체국 출장소가 있는데
나뭇가지에 그늘이 깃드는지
눈꽃을 털고 있는 목련화

                        ―「목련의 안부」 전문

아마 그랬을 것이다. 병실에서 보낸 시간이 많았으리라.
시인의 삶 역시 매우 여린 것, 몹시 위태로운 상태에서 유지
되어 왔거나, 물러 터진 경험들로 들어차 있을 것이다. 남궁
선에게 좋은 시는 (불행하게도) 그와 같은 상황에서 나오는
것 같다. 어떤 틈이 열리기라도 하는 것일까? 그 틈새는 새로
운 상상의 세계를 교교히 펼쳐 든 시의 아포리아가 아니라,
낡고 어둡고 축축한, 그러나 팩트들, 그러니까, 명백히 발생
했으며, 정확히 겪었던 일들이 두런거리며 메우고 있다. 시
인이 주어인, 시인이 관찰자인, 시인이 행위의 주체이거나

피해자인, 그런 사건들, 그 사건들의 헛헛한 진행 과정으로 시는 오롯이 제 옷을 입었노라고 말할 수 있을 것인가? 얼마나 많은 시간을 시인은 삶이라는 이름으로 이곳저곳을 기웃거리며 흘려보내야 했던가. 그런데도 삶은 늘 낯선 것이고, 늘 그리운 것이다. 남궁선의 시를 읽다 보면, 새삼 시는 몹시 진지한 것이라는 생각, 시는 땀내 나는 삶의 여정이며, 고난하고 힘들인 수고라는 생각, 고통스러운 시선이 하나씩 모여 자아낸 땀방울이라는 생각을 하게 된다. 그래서 시는 항상 화두가 되는 것이며, 시는 경험마저 다시 경험하게 하는 것이리라. 무엇이 한 개인의 시에 활력을 불어넣고 생동감을 주는가? 무엇이 한 시인을 죽이고 또 살리는가? 남궁선의 시에는 어지간해서는, 상상력에 의존해 지어 올린 관념이 노출되지 않는다고 우리는 말했다. 구체적인 것, 구체적인 경험, 시인의 삶의 행로 저 구석구석에 녹아 있는 사실들, 이제나 저제나 사실인 것들을 빼고 나면, 아무것도 아닌 것이 되어 버리는, 그런 말들이, 이 시인의 눌변을 능변으로 바꾸어 주는 동력이다.